FLEUR DE BRETAGNE

Sœur Amélie-Marie

Fristel

FONDATRICE DU BUREAU DE CHARITÉ
DE L'ASILE NOTRE-DAME DES CHÊNES À TARAMÉ

ET DE LA
CONGRÉGATION DES SS. CŒURS DE JÉSUS ET DE MARIE

LE R. P. Ta. GUINE, S. J.

Illustré de nombreux portraits

VANNES
IMPRIMERIE LAFOLYE FRÈRES
190

VIE

DE

LA MÈRE MARIE-AMÉLIE FRISTEL

DÉCLARATION

Conformément aux décrets du Pape Urbain VIII, nous déclarons que les titres de saint ou de vénérable qui, dans le cours de ce récit, s'appliqueraient à des personnes sur lesquelles la sainte Eglise ne s'est pas prononcée, n'ont qu'une valeur purement humaine et privée.

De même, dans l'exposition des événements et des grâces extraordinaires qui sont rapportés, nous n'entendons pas prévenir le jugement du Souverain Pontife, auquel nous nous soumettons sans réserve.

Imprimatur :

Venetiis, 10 Junii 1901.

E. DIEULANGARD,
Vic. gén.

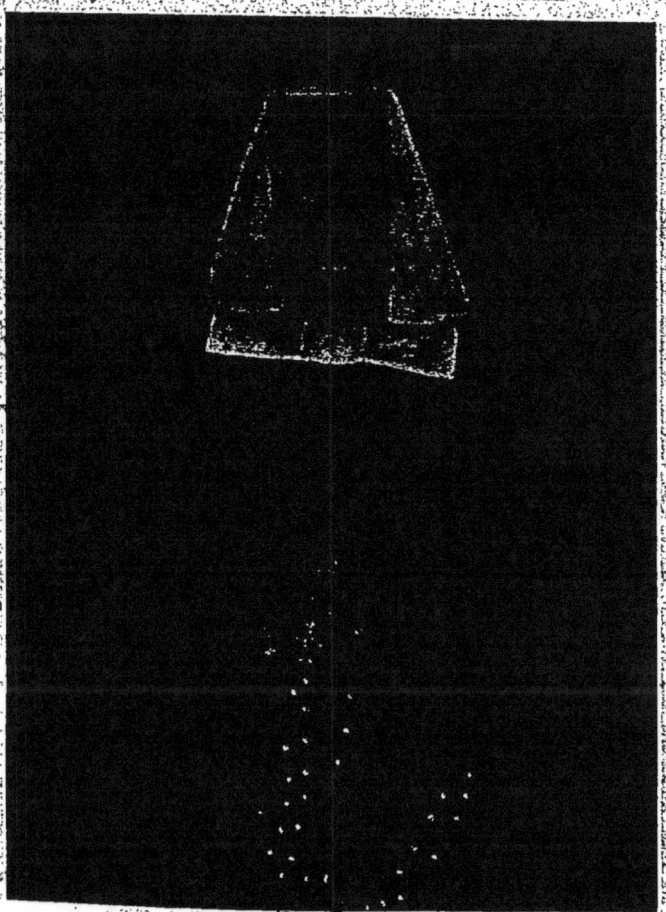

MÈRE MARIE-AMÉLIE
Fondatrice de l'Asile N.-D. des Chênes (25 décembre 1846)
et de la Congrégation des Religieuses des Saints Cœurs de J. et M. (11 nov. 1853)
Morte le 13 octobre 1866.

(1798-1866)

FLEUR DE BRETAGNE

SŒUR AMÉLIE-MARIE FRISTEL

FONDATRICE DU BUREAU DE CHARITÉ

DE L'ASILE NOTRE-DAME DES CHÊNES DE PARAMÉ

ET DE LA

CONGRÉGATION DES SS. CŒURS DE JÉSUS ET DE MARIE

DITE DES PETITES ÉCOLES

PAR

LE R. P. Th. GUINÉ, Eudiste

Illustré de nombreux Portraits

VANNES

IMPRIMERIE LAFOLYE FRÈRES

—

1901

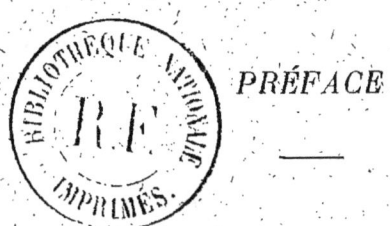

PRÉFACE

Il y a une trentaine d'années mourait à Paramé une femme dont la vie entière fut consacrée au service de Dieu et des pauvres. Sans doute son nom n'a pas retenti à travers le monde, et n'a pas été répété par les mille voix de la renommée, ni acclamé par les foules — Toutefois, dans le milieu restreint où elle a passé son existence, ses vertus ont brillé aux yeux de tous, et sa mémoire est restée en bénédiction dans le pays de Paramé. On s'y souvient encore de la douce et bienfaisante influence qu'elle exerçait tout autour d'elle ; du reste, elles sont encore là, toujours animées de son esprit, les œuvres charitables qu'elle y a établies.

Mais, avant que les derniers survivants de la génération de la Mère Amélie Fristel aient disparu, ses filles spirituelles, les religieuses de Paramé, ont eu à cœur de recueillir, pour les réunir et les mieux conserver, tant de traits et d'exemples de vertus et de dévouement qui composent la vie de leur fondatrice.

Trois ans après sa mort, paraissait déjà une notice sans nom d'auteur, mais où l'on reconnaît, avec le talent d'un écrivain délicat et distingué, le cœur d'un homme de bien qui a connu et su apprécier la belle âme de la Mère Amélie.

M. Pomphily, ancien juge au tribunal de Saint-Malo, retiré à Paramé, fut, en effet, un ami rempli d'admiration pour les vertus de la bonne supérieure, un conseiller plein de sagesse, et un auxiliaire dévoué pour ses œuvres. Bien des détails ne pouvaient prendre place dans cette courte notice ; mais il est impossible de mieux rendre que l'a fait M. Pomphily, la douce et aimable physionomie de la bonne Mère : aussi, dans le récit plus complet que nous avions à faire, nous n'avons voulu presque rien omettre de cette esquisse si fidèle et si gracieuse.

A une vie si pleine, à des œuvres si multipliées, il fallait un plus large tableau ; la piété filiale d'une famille nombreuse le souhaitait depuis longtemps, et, pour permettre de tenter plus tard une histoire exacte et circonstanciée de la fondatrice, celle qui lui a succédé comme supérieure générale, sa nièce Mère Marie-Thérèse, après avoir vécu dans la plus grande intimité avec sa tante bien-aimée, a passé les dernières années de son existence à vivre de tous ses souvenirs, à les noter avec soin et à les retracer dans des pages émues où nous avons pu puiser à notre aise. Puis, le journal de la Maison de Notre-Dame des Chênes et de la Congrégation des SS. Cœurs, si bien rédigé, jusqu'à sa mort, par l'aumônier très dévoué, M. l'abbé Pâris, nous a fait suivre pas à pas la marche de l'Asile et de l'Institut.

Il n'y avait donc qu'à utiliser et mettre en ordre ces précieux documents ; et cependant, jusqu'ici, personne ne s'était encore mis à l'œuvre. Des circonstances tout à fait exceptionnelles ont appliqué à ce travail l'auteur de la vie qui vient enfin satisfaire les légitimes impatiences des filles spirituelles de la Mère Amélie. Il bénit le Seigneur et l'obéissance qui lui ont permis de se trouver, durant de longs mois, en contact avec une âme si pure, si modeste, et toute brûlante d'amour pour Dieu et pour les pauvres de Jésus. Il n'a pu sans doute en tracer le portrait que d'une main très inhabile ; du moins il l'a fait avec un bonheur toujours croissant ; et il ose espérer que l'abondance et l'exactitude des détails puisés aux meilleures sources suppléeront à la faiblesse du récit, et suffiront pour montrer que l'humble Amélie, par les œuvres nées de son grand cœur et de son ardente charité, mérite assurément une place honorable dans les annales religieuses de notre pays. Car Marie-Amélie Fristel appartient vraiment, comme on pourra s'en rendre compte en lisant cette histoire, à cette pléiade d'âmes éminentes à qui Dieu confia, pendant le XIX⁰ siècle, la belle et difficile mission de refaire parmi nous une France chrétienne.

Après la grande catastrophe révolutionnaire, il s'agissait surtout de reconstituer les œuvres de l'enseignement chrétien et de la charité catholique. Cette restauration est due à l'action du clergé et à ces innombrables congrégations d'hommes et de femmes qui ont germé et se sont développées sur le sol de la patrie, et qui ont mérité, par leur influence bénie, les malédictions et les menaces actuelles des sectaires antireligieux et antifrançais.

Or, Marie-Amélie a été, entre les mains de la Providence, un instrument docile pour contribuer à cet immense travail de reconstruction religieuse dans le coin de terre où le ciel l'avait placée. Elle y a coopéré simplement, sans bruit et presque à son insu : raison de plus pour ne pas laisser plus longtemps dans l'ombre une vie et des fondations où se manifeste si clairement l'action divine.

Faire connaître davantage la servante du Seigneur, c'est, nous semble-t-il, glorifier le Dieu puissant qui recherche pour ses plus grandes œuvres les petits et les humbles ; — c'est exalter la sainte Église, toujours féconde en fruits de grâces et de sainteté : — c'est aussi travailler au salut des âmes édifiées par le spectacle des vertus qu'inspire la religion.

Puissent ces pages contribuer, pour leur faible part, à réaliser d'aussi beaux résultats !

Du moins les filles spirituelles de la Mère Amélie, et les enfants confiées à leurs soins, liront avec joie et reconnaissance la vie de leur mère et de leur bienfaitrice, chercheront à retracer en elles-mêmes quelque chose de son humilité et de sa charité, et se sentiront portées à aimer davantage les Cœurs de Jésus et de Marie, source de tant de dévouement.

Tel est surtout le but que s'est proposé l'auteur de ce modeste livre !

L'assurance du bienveillant accueil que ces âmes religieuses ne manqueraient pas de faire au récit nouveau qu'elles désiraient, et l'espoir des prières faites pour son auteur, l'ont encouragé et soutenu dans son travail.

Enfin, Marie-Amélie Fristel se rattache à la grande famille du V. P. Eudes, par le Tiers-Ordre du Cœur de la Mère admirable que l'apôtre zélé des SS. Cœurs a institué avec l'Ordre de Notre-Dame de Charité du Refuge et la Congrégation de Jésus et Marie, dite des Eudistes.

Fils du V. P. Eudes, le biographe ne pouvait donc que ressentir une joie plus intime en constatant les aimables vertus d'une sœur si fidèle à l'esprit et aux dévotions du Père de la famille.

A tous les enfants et amis du V. Jean Eudes, spécialement aux membres de son Tiers-Ordre, il est heureux de présenter à leur admiration et à leur imitation l'humble Tertiaire devenue la fondatrice de la Congrégation des SS. Cœurs de Jésus et de Marie !

Th. G.

PREMIÈRE PARTIE

Mᵐᵉ AMÉLIE FRISTEL DANS LE MONDE

PREMIÈRE PARTIE

Mlle AMÉLIE FRISTEL DANS LE MONDE

CHAPITRE I

Enfance et jeunesse d'Amélie Fristel.

(1798-1819).

Le pays de Saint-Malo. — Famille Fristel. — Naissance d'A-
mélie. — Grave accident. — Mort de M. Fristel. — Séjour
à Rennes. — Éducation d'Amélie. — Sa douceur et sa
piété. — Goût pour la solitude et fuite de la maison maternelle. — Premiers exercices de charité. — Triomphe sur
la vanité. — Sainte liaison avec une pieuse jeune fille. —
Vœu de virginité à 18 ans. — Retour à Saint-Malo. - Réception d'Amélie dans la Congrégation des enfants de Marie. — Installation à Beaulieu en Paramé.

C'est un coin de terre vraiment privilégié que le
pays de Saint-Malo, dans la catholique Bretagne.
A l'embouchure de la Rance, se dresse en am-
phithéâtre la ville si religieuse de Saint-Servan,
avec ses villas nombreuses et ses sites charmants ;
puis se présente, fièrement assise sur son rocher de
granit toujours battu par les flots, la glorieuse cité de
Saint-Malo, si pittoresque avec ses rues étroites et

ses hautes maisons que couronne la jolie flèche de
sa Cathédrale, avec sa ceinture de remparts d'où
les yeux découvrent, toujours charmés, d'admirables points de vue sur la grande mer, sur les côtes
gracieuses de Dinard et les collines boisées de la rive
gauche de la Rance : et le tout forme un ensemble de
beautés naturelles et variées que l'on retrouve difficilement, même dans les contrées les plus célèbres
pour leurs paysages. Une grève immense, bordée
maintenant de villas sans nombre, s'étend de Saint-
Malo vers le nord-est jusqu'au bourg de Paramé,
presque inconnu il y a 30 ans, et devenu l'une
des stations balnéaires les plus agréables et les plus
fréquentées de la Bretagne et de la France.

Ce coin ravissant est la patrie des Jacques Car-
tier, des Chateaubriand, des Lamennais, pour ne
citer que quelques noms parmi les illustres enfants du pays de Saint-Malo.

Mais, si la Providence a prodigué pour cette
région les faveurs et les charmes de la nature, elle
ne s'est pas montrée moins libérale envers elle dans
l'ordre des dons supérieurs de la foi et de la charité
catholiques. Les populations y demeurent attachées
à la sainte religion des ancêtres, conservent leurs
habitudes de piété et leurs pratiques chrétiennes,
sans trop se ressentir encore des influences mau-
vaises que ne peut manquer d'exercer à la longue
le flot de ces étrangers qui envahissent le pays pendant plusieurs mois de l'année, et qui parfois

viennent y chercher autant le plaisir et les amusements de toutes sortes que le repos et la santé.

Sur ce sol béni, les vocations religieuses, les œuvres
de charité ont pu germer et se développer à l'aise.

Le nom de Saint-Servan n'éveille-t-il pas aussitôt le souvenir de la famille déjà si grande des
Petites Sœurs des Pauvres dont cette ville fut le
berceau ? C'était en 1840 que d'humbles filles du
peuple jetaient, avec un modeste vicaire de la paroisse, les fondements obscurs d'une œuvre qui
depuis s'est répandue dans le monde entier dont
elle fait l'admiration.

L'esprit de charité soufflait vraiment sur le pays.
Car, c'est à la même époque que se formait dans
la piété, et se préparait à établir, tout près de
Saint-Servan. l'Asile des Vieillards et la Congré-
gations des Sœurs de Paramé, la vertueuse Marie-
Amélie Fristel dont nous avons à écrire la vie.
C'est là qu'elle a passé la plus grande partie de son
existence si pleine de mérites et de bonnes œuvres.

– Amélie naquit à Saint-Malo, mais la famille
Fristel était une honorable famille de Dol de Bretagne. Cette petite ville, peu éloignée de Saint-Malo.
était, comme celle-ci. le siège d'un évêché avant la
Révolution. On y admire encore une magnifique
cathédrale qui est l'un des beaux monuments religieux de la Bretagne. Son collège était dirigé par
les Eudistes dont plus tard l'un des supérieurs généraux, le R. P. Loüis de la Morinière, exerça une

si grande influence sur la vocation charitable d'A-
mélie. Chateaubriand fut pendant quelque temps
élève de ce collège. Il y fit sa première communion,
racontée par l'illustre écrivain lui-même dans ses
mémoires d'Outre-Tombe avec les accents de la
piété la plus touchante et la plus sincère. Tout le
monde connaît cette page émue où il décrit les angoisses de son âme qui ne s'est pas révélée tout
entière dans sa première confession préparatoire au
plus grand acte de la vie, ses alarmes qui font honneur à sa foi chrétienne, et à sa délicatesse de conscience, enfin la paix goûtée après sa confession in-
tègre au Supérieur des Eudistes, et le bonheur
ineffable dont il se sent inondé en recevant le Dieu
de sa jeunesse, qui fut aussi plus tard le Dieu consolateur de ses dernières années.

Le grand-père de Marie-Amélie, M. Jean Fristel,
était né à Mont-Dol en 1724 et devint huissier général d'armes. De son mariage avec sa cousine
Mᶜ Rose Brajeul, née à l'Abbaye près Dol en 1714,
il eut deux enfants : une fille, Henriette Fristel,
qui épousa M. François Lécompte, notaire à Dol,
et un garçon, Malo-Jean Fristel. Celui-ci étudia
le droit avec succès, et fut nommé juge de paix
dans sa ville natale. Il se maria en 1781 avec
Mᶜ Reine Thomase Lemarescal.

Dieu bénit ce mariage : six enfants en furent
les fruits : Reine Fristel, mariée à M. Joseph Lemarchand, forestier ; Malo-Jean-Joseph Bonaven-

ture, qui fut receveur des droits-réunis et épousa à Segré Léocadie Aubry, fille d'un docteur médecin. De ce dernier mariage naquit Léocadie Fristel, en religion sœur Marie-Thérèse, qui succéda à sa tante la mère Amélie, comme supérieure générale de la Congrégation.

Le troisième enfant de Jean Fristel fut Emile, qui devint lieutenant et mourut à Beaulieu en Paramé, à l'âge de 21 ans. Les quatrième et cinquième enfants moururent au berceau.

Enfin, le sixième et dernier fut celle dont nous avons à parler, Amélie-Virginie Fristel, fondatrice du Bureau de Charité et de l'Association des dames de Charité de Paramé, de l'asile des vieillards de Notre-Dame des Chênes et de la Congrégation des sœurs des Saints-Cœurs de Jésus et de Marie, dites sœurs des Petites Écoles.

La tourmente révolutionnaire enleva sa place de juge de paix à M. Fristel qui vint avec sa famille se retirer à Saint-Malo où il se fit inscrire parmi les avocats de la ville, puis acheta une étude de notaire. Sa droiture et sa probité ne tardèrent pas à lui gagner la considération de ses nouveaux concitoyens ; et plus d'une famille conserva longtemps la mémoire de son talent et de ses bons offices. On raconte que l'un de ses amis, plein de reconnaissance pour un service signalé qu'il lui avait rendu, voulait la lui témoigner d'une manière très généreuse. M. Fristel refusa d'abord, et ne consentit

enfin qu'à accepter une modeste pendule. que sa
famille aimait à montrer comme un précieux souvenir,

C'est donc à Saint-Malo que vint au monde
Amélie-Virginie Fristel, le 10 octobre 1798. Elle
fut baptisée le même jour, et eut pour marraine la
sœur de son père, Mme Lecompte.

S'il était permis de tirer un présage pour le reste
de sa vie des circonstances qui en accompagnent
les premiers jours. on pourrait dire que la naissance
d'Amélie fut comme l'augure de l'influence toujours heureuse et charitable qu'elle était appelée à
exercer. Sa mère, en la mettant au monde, ne ressentit presque aucune douleur ; de plus, l'enfant
ne donna aucune peine à l'élever : elle semblait ne
connaître ni les pleurs, ni les cris, et, dès qu'elle
s'éveillait dans son berceau, elle commençait à sourire à sa mère en lui tendant les bras.

Celle-ci la chérissait d'un amour plus tendre que
ses autres enfants ; Amélie, considérée comme un
petit ange béni du ciel, possédait dès lors dans le
cœur maternel le royaume d'affection promis à ceux
qui sont doux.

Aussi quelles ne durent pas être les angoisses de
la mère lorsqu'un jour on vint lui apporter sa chère
petite toute meurtrie et toute ensanglantée.

Amélie avait trois ans. Un jour de fête publique,
la bonne qui la portait dans ses bras, poussée par
la foule, fut précipitée dans le fossé du château de

Saint-Malo. Au moment où elle perdait l'équilibre,
la servante dévouée eut la présence d'esprit de passer l'enfant sur le bras du côté opposé à celui de
la chûte. La violence du choc fut amortie pour la
pauvre fille qui toutefois eut une épaule fracturée,
et un œil presque tiré de l'orbite. Elle se guérit des
suites de ce terrible accident, mais il resta dans
son regard une légère déviation qu'elle conserva
toujours.

Ne nous est-il pas permis de voir dans la manière presque miraculeuse dont elle échappa à la
mort en pareille circonstance, une marque visible
de la protection de la Providence qui avait ses desseins sur la chère enfant?

A la fin de cette même année 1801, un grand
malheur plongea la famille Fristel dans la désolation : la mort de M. Fristel qui n'était âgé que de
46 ans. Voici les circonstances de cette mort.

Après une longue persécution contre l'église de
France, les temples étaient enfin réouverts au culte
public. Depuis dix ans, l'on n'officiait plus à la cathédrale de Saint-Malo, fermée après avoir été pillée
par le tribunal révolutionnaire. Aussi, grande fut
la joie commune de tous les bons chrétiens, lorsqu'ils apprirent que le *Te Deum* allait être chanté
dans la vieille église de Saint-Malo, et qu'un salut
solennel serait donné après une procession à travers les rues de la ville. Le peuple se porte en foule
à la cérémonie; M. Fristel, malgré ses efforts, ne

put pénétrer dans la cathédrale au retour de la procession. Il resta debout, au portail, pendant plus d'une heure pour entendre le discours du grand curé (archiprêtre) de Saint-Malo, et recevoir la bénédiction du T. S. Sacrement. Il avait la tête découverte, et les rayons d'un soleil ardent venaient frapper sur son front un peu dégarni. A peine rentré chez lui, une congestion se déclara et l'emporta en peu de jours. Ce fut une perte douloureuse pour les nombreux amis de M. Fristel qui le regrettèrent sincèrement, mais surtout une perte immense pour sa famille qui devait à son travail l'honnête aisance dont elle jouissait. Mᵐᵉ Fristel restait veuve, sans grandes ressources, avec quatre enfants dont Amélie était la plus jeune.

Peu de temps après la mort de son mari, Mᵐᵉ Fristel se décida à aller demeurer à Rennes, afin de procurer à ses garçons une éducation plus complète et moins dispendieuse.

Elle dut congédier tous ses domestiques et ne garda qu'une jeune orpheline de dix-sept ans. Elle loua une maison sur la place du Palais, et fit suivre les cours du lycée à ses deux fils. Quant à la jeune Amélie, sa mère, absorbée par les travaux et les préoccupations de sa position, en confia l'instruction à la sœur aînée de l'enfant, âgée de 18 ans.

La jeune institutrice, toute fière de cette délégation, était quelque peu portée à exagérer son autorité, et, par un penchant trop naturel à l'homme, à la faire dégénérer en domination tyrannique. Elle exigeait une obéissance absolue, passive, et croyait devoir afficher son autorité par des punitions, défaut assez commun dans les jeunes maîtres ; souvent, sans motifs, lorsque la mère était absente, l'impérieuse maîtresse condamnait son élève à l'emprisonnement cellulaire, au pain et à l'eau. Jamais l'innocente recluse ne songea à faire appel de ces sentences arbitraires, ni même à s'en plaindre à sa mère. Celle-ci ne connut ces abus de pouvoir que par l'aveu de la coupable, pressée de soulager sa conscience au sujet de sa jeune sœur qu'elle appela bientôt du nom que toute sa vie elle a mérité : un ange de patience et de bonté ! Le Seigneur avait permis qu'elle contribuât elle-même à mettre en évidence et à développer ces vertus dans l'âme de notre Amélie. C'est dans leur exercice qu'elle fit sa première Communion, et que s'accomplit dans son cœur pur sa première rencontre avec le Jésus de l'Eucharistie qu'elle devait tant aimer durant sa vie.

Nous n'avons rien trouvé dans ses notes qui pût nous révéler les sentiments de son âme en cet acte solennel et souvent si décisif pour toute une existence. Mais les vertus que nous venons déjà d'admirer en elle laissent facilement deviner avec quelle piété et quelles saintes dispositions elle dut accomplir cette action importante.

Nous savons du moins qu'elle eut de bonne

heure pour confesseur un père jésuite qui dirigeait aussi les autres membres de la famille. Celui-ci reconnut aussitôt le trésor de grâces renfermé dans la jeune âme confiée à ses soins. Pour l'affermir dans la voie de perfection où elle essayait ses premiers pas, il la faisait se confesser chaque semaine.

Un jour, il lui demanda de s'engager à ne tomber dans aucune faute volontaire, si légère qu'elle fût, lui promettant, pour l'encourager, une belle image de la Sainte Vierge. Au temps fini, elle avait tenu sa parole avec une telle exactitude qu'il lui fut impossible de trouver la matière d'un aveu Elle croyait donc recevoir la récompense espérée ; mais le Père, voulant éprouver sa soumission et la prémunir en même temps contre un secret amour-propre, la congédia avec quelque sévérité, en lui ordonnant de mieux examiner sa conscience. La pénitente pleura beaucoup ; mais, obéissante, elle sonda de nouveau son cœur, et revint toute confuse, en affirmer la pureté sans tâche.

Le même Père lui prêtait des livres de piété. Parmi ses lectures, elle affectionnait surtout la vie des saints solitaires. Le détachement des choses de la terre, la contemplation des merveilles de Dieu au sein de la nature enflammèrent peu à peu ses désirs. Elle racontait à ses petites amies l'existence des moines de la Thébaïde. Pourquoi ne pas vivre comme eux ? N'avait-on pas vu de jeunes patriciennes de Rome et d'Athènes abandonner parents, richesses, joies et espérances du monde pour se retirer dans les grottes de la Palestine ou sur les rives du Nil, et faire retentir de leurs cantiques les échos des montagnes ?

Et voici que, nouvelle Thérèse, elle a soif de la solitude pour vaquer plus à son aise aux exercices de la piété et au service de son Dieu. Deux de ses compagnes, cédant à ses prédications enthousiastes, mais peu réfléchies, s'enrôlent sous sa bannière. Donc, un beau matin, en sortant de l'école où sa mère l'avait placée après l'avoir retirée de la direction de sa sœur aînée, elle entraîne avec elle les deux amies que sa parole ardente a subjuguées ; et nos trois futures anachorètes, munies d'un pain acheté avec leurs économies, s'acheminent par le Mail, et traversent la Vilaine dans le bac du passeur, en quête, le long de la rivière, des antres et des forêts où elles doivent se consacrer à la vie érémitique.

Elles marchaient depuis deux heures lorsqu'une d'elles sentit défaillir sa résolution. En dépit des exhortations d'Amélie, elle oublia le précepte évangélique ; elle tourna les yeux en arrière, et bientôt ses pas suivirent la direction de ses regards.

Elle revint au logis. Les parents des deux autres, très inquiets de la disparition de leurs enfants, apprirent par celle-ci l'itinéraire des fugitives.

On se mit à leur poursuite, et on les trouva harassées de fatigue, grignotant leur pain sec à l'orée d'une prairie, n'ayant pu, malgré leur bonne volonté, atteindre pour cette fois le désert. Devenue supérieure de la Congrégation fondée par elle, la bonne mère Fristel aimait à redire à ses filles, en souriant, cette anecdote de son enfance, preuve naïve d'une vocation religieuse qui n'avait attendu, pour se manifester, ni le nombre ni la maturité des années.

Ajournant ses projets de solitude, sans renoncer complètement à l'imitation des ascètes, Amélie, rentrée à sa pension, imagina un autre genre d'austérité. Elle passait ses récréations à porter des pierres d'un endroit à l'autre, afin d'attirer sur elle les railleries de ses compagnes, se mortifiant à la fois dans son corps par la fatigue, dans son esprit par l'humiliation.

Vers ce temps, elle se livrait à des actes moins en dehors de voies ordinaires, et, par conséquent, d'un exemple plus acceptable. Tous les jours, après la classe, elle allait, avec une ou deux de ses condisciples, visiter des pauvres vieilles femmes grabataires et leur porter les petits secours qu'elles épargnaient sur leurs modestes pécules. Elles faisaient le lit de ces infirmes, préparaient leurs aliments : touchant prélude à sa vie future, toute de charité et de dévouement au service des malades et des vieillards !

Trouvant un jour le bûcher d'une de leurs protégées dégarni, les petites visiteuses se cotisèrent pour acheter des fagots. L'emplette une fois payée, grand fut leur embarras pour le faire parvenir à sa destination. Plus d'argent, pas de commissionnaire !

Amélie ne se laissa pas vaincre par cet obstacle. Toute frêle qu'elle était, elle chargea vaillamment les fagots sur son dos, et traversa plusieurs rues avec ce faix qu'elle monta jusqu'au galetas de la malade. Saint fardeau imposé à ses épaules d'enfant pour l'amour de Jésus-Christ qui, pour réparer l'infirmité humaine, porta, lui aussi, le bois de la croix par les carrefours, au milieu des dérisions de la multitude !

Amélie grandissait ainsi dans la piété et la vertu, mais, c'est la loi commune, il faut que cette vertu soit mise à l'épreuve.

Mme Fristel s'était liée à Rennes avec quelques familles, et, tantôt chez l'une, tantôt chez l'autre, on organisait des bals d'enfants dans lesquels on faisait figurer Amélie. Celle-ci sentait un éloignement instinctif pour ces sortes de distractions ; cependant il fallut qu'elle apprît à danser, et elle y réussit parfaitement. Sa mère aimait à la parer pour ces petites fêtes. La gentillesse de la jeune fille, sa bonne grâce lui valurent des compliments, des succès qui commencèrent à flatter agréablement son amour-propre, et à lui faire voir sous un tout autre jour les divertissements qui l'avaient d'abord alarmée. Ainsi, dans sa jeunesse, sainte Thérèse prenait goût à la lecture des romans ; et Notre-Seigneur daigna lui montrer la place où elle serait tombée dans l'enfer, si elle avait continué à satisfaire une curiosité excessive.

Amélie ressentit quelques atteintes de la vanité à la suite de ces petites fêtes mondaines, pièges où se laissent prendre tant de jeunes filles, et qui, trop souvent, leur sont tendus par les parents eux-mêmes! Dieu l'avait permis pour donner à la vertu d'Amélie une occasion de lutte et de triomphe.

En même temps que son âme semblait s'échauffer du côté des plaisirs, elle s'aperçut qu'elle se refroidissait du côté de Dieu. Aussitôt sa résolution fut prise ; malgré les instances de ses amis, elle renonça pour toujours, et dès l'âge de quinze ans, aux amusements frivoles et aux réunions mondaines ; et sa mère, voyant sa volonté bien arrêtée, eut la sagesse de ne plus insister pour la faire prendre part à ces distractions.

Il faut reconnaître aussi qu'elle fut aidée et affermie dans l'exécution de son projet par les bons conseils d'une jeune fille pieuse, un peu plus âgée qu'elle, Mlle Joséphine Clément, avec laquelle elle avait contracté une véritable et sainte amitié.

Cette amitié est un vrai modèle d'affection tendre et forte entre deux âmes qui s'aiment en Dieu, et ne cherchent ensemble qu'à se fortifier dans le bien. Quoique demeurant dans la même ville, elles s'écrivaient chaque jour pour s'exciter mutuellement à la perfection de la vie chrétienne ; et le sujet habituel de cette correspondance spirituelle était le renoncement au monde.

C'était le matin, après la sainte Messe à laquelle elles assistaient chaque jour, qu'elles se remettaient leurs missives. Puis, l'après-midi, lorsqu'elles le pouvaient, elles se réunissaient afin de travailler pour les pauvres, et elles commençaient par une lecture de piété pour sanctifier leurs travaux et leurs entretiens. Toutes les deux avaient le même confesseur; et c'est à lui qu'elles confiaient le choix des livres à lire. Ce saint directeur, le Père jésuite dont nous avons déjà parlé, ne permettait que peu d'ouvrages, et aucune lecture inutile.

Parmi ces ouvrages, il y en avait un qui faisait les délices des deux amies. Il était intitulé : *Virginie ou la Vierge chrétienne*, — Virginie avait une sœur nommée Rosalie qui se fit religieuse; Virginie avait le même désir; mais son devoir l'appelant à rester auprès de ses parents dont les infirmités réclamaient ses soins, elle fit généreusement le sacrifice de ses goûts, et s'éleva dans le monde à une haute perfection par le renoncement à sa volonté et par la mortification intérieure.

À cette lecture, Amélie, pensant à l'isolement et à l'âge déjà avancé de sa bonne mère, disait à son amie : Je veux être Virginie ! — Et Mlle Clément répondait : Et moi, je serai Rosalie ! — Bientôt, en effet, celle-ci se sentit pressée de réaliser ce complet abandon du monde et de sa famille. Elle ma-

2

nifesta son désir d'entrer au couvent des Dames
Augustines de l'hôpital Saint-Yves à Rennes. Mais
elle était fille unique, et ses parents ne pouvaient
se résoudre à un tel sacrifice, malgré toute leur
piété : ils prétextèrent le jeune âge de leur fille,
qui n'avait que 18 ans, pour s'opposer à la réalisation de son dessein. Celle-ci appela Amélie à son
aide : toutes deux firent une neuvaine à la Sainte-
Vierge ; puis, Amélie alla trouver Mme Clément et
plaida la cause de son amie avec une confiance si
suppliante qu'elle parvint à vaincre toutes les objections, et à obtenir le consentement désiré. Elle
sacrifiait ainsi les intérêts particuliers de son cœur
à une séparation que Dieu commandait.

Le Seigneur la récompensa de ses efforts pour
triompher du monde et de son cœur : il la remplit
de plus en plus de son amour. Bientôt, malgré
son jeune âge, elle eut la permission d'approcher
de la Sainte-Table deux ou trois fois par semaine ;
et, fortifiée par cette nourriture divine, elle put
remporter une nouvelle victoire qui l'attacha définitivement à Jésus, comme au seul Epoux de son
âme.

Sa mère lui proposait un parti avantageux pour
s'établir. Un jeune homme de Dinan, allié à sa
famille, ayant à Rennes une place honorable et lu-
crative, la demandait en mariage ; et, des deux côtés,
les parents désiraient vivement cette union. Mais
Amélie répondit qu'elle n'aurait pas d'autre époux

que Jésus-Christ. Mme Fristel, très contrariée, insista longtemps : Amélie fut inébranlable dans sa résolution. Ses vertus et ses belles qualités charmaient ceux qui la connaissaient : aussi plusieurs fois, elle fut l'objet de semblables demandes toutes très avantageuses. Enfin, elle dit un jour à sa mère : Pour suivre votre désir, il faudrait vous abandonner, tandis qu'en prenant Jésus pour mon époux, je ne vous quitterai jamais ; de grâce, ne me parlez plus d'autre parti.

Et pour s'affermir dans sa décision, avec l'autorisation de son directeur, elle voulut s'engager par vœu à rester fidèle à Notre-Seigneur. Après la sainte communion, elle fit un jour le vœu de virginité pour un an, avec l'intention de le renouveler chaque année.

Elle était alors âgée d'environ 18 ans. Sans doute, ses propres inspirations la poussaient à embrasser la vie religieuse, mais une autre voix l'avertissait que son devoir pour le moment était de rester auprès de sa mère dont l'isolement et la vieillesse exigeraient bientôt les soins et les consolations de sa piété filiale. Du moins, en restant dans le monde, elle ne voulait appartenir à d'autre qu'à son Seigneur Jésus, et ne connaître que son service et celui de sa mère bien-aimée. Dès lors, son choix était fixé d'une manière irrévocable.

Madame Fristel avait marié sa fille aînée, Reine, à M. Lemarchand, forestier ; elle avait assuré à ses deux fils l'entrée dans les carrières publiques. Elle n'avait plus de raison de rester à Rennes ; elle revint donc en janvier 1818 habiter le pays de Saint-Malo. Elle demeura d'abord dans la ville même. Là, Amélie continua à se livrer avec une ferveur croissante aux exercices de la piété et de la charité. Elle voulut aussitôt faire partie de la Congrégation établie depuis quelques années par le curé pour les jeunes personnes de la ville. Elle savait combien ces associations sont utiles à leurs membres pour se soutenir et s'encourager mutuellement dans la pratique de la vertu. Munie d'un certificat de son directeur de Rennes attestant sa grande piété et engageant le curé à l'admettre au plus tôt, elle s'adressa donc à la supérieure de cette Congrégation, mademoiselle Duguen ; et, le 12 avril de cette année 1818, elle put faire solennellement sa consécration à la sainte Vierge, entourée de ses compagnes, en présence de M. Hay, premier vicaire, et directeur spirituel de la Congrégation, au pied de l'autel dédié à la Reine du ciel dans la cathédrale de Saint-Malo. — Voici la teneur même du diplôme qui lui fut délivré et qu'elle a conservé précieusement :

Nous soussignés, Directeur, Supérieure et Conseillères de la Congrégation de la sainte Vierge Marie, Mère de Dieu, érigée à Saint-Malo, certifions que mademoiselle Amélie Fristel a été reçue membre de ladite Congrégation, et qu'elle a fait

solennellement sa consécration à la très sainte
Vierge, le 12ᵉ jour du mois d'avril, l'an de grâce 1818.

En foi de quoi nous lui avons délivré les présentes lettres de congréganiste.

A Saint-Malo, le 1ᵉʳ janvier 1821.

Hay, prêtre, directeur, Marie-Josèphe Duguen,
supérieure, dame Potier de la Houssaye,
conseillère, Marie-Josèphe Quesnel, conseillère, Marie Lepeltier, secrétaire.

Comme à Rennes, notre humble jeune fille s'é-
tait mise entièrement sous la direction d'un saint
confesseur qui, sur sa demande, lui avait été indi-
qué par son directeur de Rennes. C'était M. l'abbé
Chapron, vicaire à Saint-Malo, prêtre dévoué, rempli de zèle pour le salut des âmes, et à qui Dieu
avait donné une grâce spéciale pour conduire les
personnes du monde dans les voies de la perfection
chrétienne. Celui-ci eut bien vite reconnu la grande
vertu de sa nouvelle dirigée ; il approuva le petit
règlement de vie qu'elle s'était fixé, mais dut mo-
dérer son ardeur pour la mortification.

Amélie avait mis toute sa confiance dans ce prêtre
vertueux qui la méritait si bien ; et voici qu'une
nouvelle séparation s'impose. Au printemps suivant, Mᵐᵉ Fristel quitte la ville, et loue une maison
de campagne à Beaulieu, près de Paramé, à cause
de son fils aîné atteint d'une maladie de langueur.

C'était une véritable peine pour Amélie de s'é-
loigner de son directeur, et de se trouver à plus
d'un kilomètre de l'église, avec des chemins souvent presque impraticables pendant la saison plu-
vieuse. Mais elle sait accepter les événements, si
fâcheux qu'ils soient, comme l'expression de la
volonté de son Dieu; et personne n'aurait pu
soupçonner son chagrin intérieur, en voyant la
sérénité de visage avec laquelle elle aida au démé-
nagement.

Mˡˡᵉ Amélie Fristel avait 21 ans lorsqu'elle vint
avec sa mère à Paramé; et jusqu'à sa mort, elle
ne cessera d'édifier cette chrétienne paroisse par le
spectacle de ses vertus et de sa charité.

CHAPITRE II

Piété et dévouement d'Amélie au sein de la famille.

(1819-1832).

Maladie de son frère Malo. — Mort de son frère Emile. —
Mystérieux pressentiment. — Maladie d'Amélie et vœu à
N.-D. de Saint-Jouan-des-Guérets. — Projet de vie reli-
gieuse. — Dévouement à sa mère. — Traits de charité. —
Guérison extraordinaire de sa nièce Léocadie. — Prépara-
tion de ses neveux et nièces à la 1re communion.

Marie-Amélie était déjà consacrée à Dieu dans
le secret de son cœur par le vœu de virginité ; elle
va longtemps remplir le rôle d'une sœur de charité
dans le monde, avant de pouvoir embrasser la vie
religieuse en communauté ; et c'est dans la maison
maternelle qu'elle trouva d'abord à se dévouer. —
Le Seigneur qui l'avait prédestinée à fonder et à
diriger un établissement hospitalier, voulut la soumettre en quelque sorte au noviciat dans le sein
de sa propre famille. Son frère aîné Malo garde le
lit pendant deux mois ; et, durant tout ce temps, il

fut soigné le jour et la nuit par la bonne Amélie qui,
pour remplir ce devoir fraternel, dût renoncer à
suivre les exercices d'un jubilé donné alors dans la
paroisse. Ce fut pour elle un sacrifice ; mais elle
savait que la prière la plus agréable à Dieu, c'est
le dévouement au prochain. En même temps, son
frère Emile, jeune homme de grande espérance,
sorti de l'Ecole militaire avec le grade d'officier
d'artillerie, tombe malade, lui aussi, chez sa mère
où il était venu pour quelques jours. Il est saisi de
la fièvre à son arrivée : le médecin assure qu'il n'y
a pas de danger, tandis qu'il trouve extrêmement
grave le cas du frère aîné. Amélie se dépense pour
les soulager tous les deux ; elle eut alors un de
ces pressentiments mystérieux qui, plus d'une fois,
se reproduisirent pour elle dans les circonstances
les plus critiques. Un matin, en se rendant à la
messe, Amélie entend comme une voix intérieure
qui lui disait : ton frère Emile mourra lundi ! Sa
foi n'hésite pas devant cet avertissement ; elle pré-
vient sa mère, et dispose son frère à recevoir les
derniers sacrements. A peine ce devoir accompli,
en pleine connaissance, la raison abandonne le
pauvre malade, et il meurt au jour prédit. —
Amélie avait trouvé dans la religion la force nécessaire pour rester au chevet de son cher mourant
et adoucir par ses prières les souffrances de la dernière agonie. Mais la douleur et la nature reprirent
leurs droits. Accablée de chagrin, épuisée de fa-

tigue, il lui survint une langueur qui faillit l'emporter, et à laquelle elle n'échappa que grâce à un vœu qu'elle fit à Notre-Dame de Saint-Jouan-des-Guérets. Avec quelle reconnaissance la mère et la fille accomplirent ensuite le pèlerinage promis à la Vierge miraculeuse, firent célébrer une messe d'action de grâces, et déposèrent un *ex-voto* aux pieds de la statue bénie!

Dans sa guérison qu'elle regardait à bon droit comme une marque visible de la protection de la Sainte Vierge, Amélie crut voir une preuve que le Seigneur l'appelait aussitôt à la vie religieuse pour laquelle elle avait un attrait si vif; et, son frère aîné étant hors de danger, grâce à ses bons soins, elle pensa à entrer dans une communauté. Cependant sa mère restait seule : comment se résigner à l'abandonner? Alors Amélie lui propose de vivre comme dame pensionnaire à la maison Sainte-Anne de Saint-Servan ; quant à elle, elle se ferait religieuse chez les sœurs de l'Adoration qui dirigeaient la maison. La mère acquiesça aux désirs de sa fille, mais à la condition que les Supérieures n'enverraient pas celle-ci plus tard dans une autre Communauté. Et la bonne Amélie entra aussitôt à Sainte-Anne : elle y passa huit jours, s'appliquant à tous les exercices des autres religieuses. Elle est au comble du bonheur: hélas ! il lui fallut revenir près de sa mère, car la supérieure ne peut s'engager à remplir la condition demandée par

Mme Fristel, et sa piété filiale s'oppose vraiment à ce qu'elle quitte sa mère. Les sacrifices et les épreuves se multiplient sous les pas de la pieuse jeune fille, mais la Providence avait ses desseins sur Amélie Fristel, et tous ces obstacles n'étaient que des détours secrets par lesquels Dieu la conduisait pour arriver plus tard à son but, et faire d'Amélie la fondatrice d'une nouvelle Congrégation.

Vers cette époque mourut le confesseur d'Amélie, M. Chapron, vicaire à Saint-Malo. Elle s'adressa alors à M. l'abbé Rosty, premier vicaire de Paramé, qui avait la réputation d'un saint : toujours défiante d'elle-même, elle ne manquait jamais de consulter ce pieux directeur pour ses œuvres de charité ; et celui-ci, comme nous le verrons, n'eut qu'à approuver les saintes entreprises de sa pénitente à laquelle il apporta lui-même l'appui d'un zèle ardent et éclairé.

Soit à Beaulieu, soit au bourg même de Paramé où Mme Fristel vint se fixer en 1826, Amélie, docile aux inspirations du ciel qui la préparait ainsi graduellement à une vocation qu'elle ignorait, trouva moyen de se livrer à tous les genres de dévouement et d'apostolat vis-à-vis des petits, des malheureux, des malades ou des vieillards, envers les membres de sa famille, et envers les personnes étrangères. Il est difficile d'imaginer une formation plus complète ; et jamais nous ne voyons notre future fondatrice d'ordre manquer de répondre à la voix de

Dieu et de son bon cœur, ni se relâcher un instant dans la pratique de la charité. Et cette vertu royale est toujours accompagnée d'une simplicité et d'une humilité qui nous révèlent une de ces âmes vraiment privilégiées, dont le Seigneur a coutume de se servir comme instrument de ses œuvres divines,

Nous avons par quelques traits, entre mille, à la montrer, durant cette période, livrée à tous les exercices de la charité.

La mère d'Amélie occupait tout naturellement la première place dans ses soins et ses prévenances. C'est pour cette mère tendrement aimée qu'Amélie avait renoncé à la vie de communauté ; et, devenue sa compagne assidue, elle se consacra jusqu'à la fin à son service avec un amour, une soumission et une patience qui ne se démentirent pas un instant.

Cependant il arriva qu'un jour Mme Fristel, cédant à un mouvement de vivacité, causé par ses souffrances, reprocha à sa fille de ne pas exécuter assez promptement une recommandation qu'elle venait de lui adresser. Mère, répondit Amélie sans chercher à se justifier, j'ai déjà une fois mérité la même réprimande ; j'espère n'avoir plus à l'encourir. Et elle redoubla encore de ponctualité et d'empressement, à ce point que la vieille mère était presque tentée de se plaindre alors de ne pouvoir exprimer un désir qu'il ne fût déjà deviné et accompli.

Nous avons admiré le dévouement d'Amélie près du lit de douleur de son frère Malo, et près du

lit de mort de son frère Emile ; nous la retrouverons bientôt enveloppant de sa charité patiente et
sans borne les autres membres de sa famille dont
elle devient la providence visible.

Mais son zèle ne s'arrêtait pas aux limites de sa
maison et de sa parenté. Elle commençait par allumer ce feu divin à sa véritable source, à l'autel
de Jésus-Christ : car, à cinq heures du matin, en
toute saison, jamais elle ne manquait d'assister à
la première messe, malgré la distance, les mauvais
chemins ou les rigueurs de la température : plusieurs fois par semaine, elle recevait le Dieu d'a-
mour ; et c'était comme un besoin pour son cœur
de faire rayonner autour d'elle le feu de la charité
dont elle brûlait,

Après avoir vaqué aux soins de sa mère et du
ménage, elle s'ingéniait à répandre le bien au dehors, à soulager les misères et surtout les misères
morales.

Un soir d'hiver, en revenant de l'église, elle
rencontra sur le chemin un enfant transi de froid et
pleurant. Il avait quatre ans à peine et ne pouvait
se faire comprendre. C'était un petit anglais que
ses parents dénaturés, partis le même jour, avaient
abandonné sur la terre étrangère. La bonne Amélie sentait son cœur se briser à la vue de ce délais-
sement ; mais, soumise avant tout à la volonté de
sa mère, il lui fallait l'assentiment de celle-ci, même
pour suivre l'attrait d'une bonne œuvre.

Elle vient en toute hâte à la maison, raconte ce qu'elle a vu. Avant qu'elle ait terminé son récit, sa mère, non moins touchée, la gronde presque de n'avoir pas amené l'enfant. Heureuse du reproche, elle repart, sans prendre garde ni à l'heure, ni à la longueur du chemin ; elle retrouve l'enfant, l'enlève dans ses bras, et l'apporte toute joyeuse au logis. Le pauvre abandonné était malade, dévoré de vermine. Elle le lave, le soigne, le garde pendant plusieurs mois, et, lorsqu'il est guéri, elle le place à l'hospice où souvent elle va le visiter.

Volontiers elle se faisait maîtresse d'école et enseignait le catéchisme aux enfants du voisinage ; sa parole simple et douce éclairait leurs petites intelligences auxquelles elle savait si bien s'accommoder ; et bientôt ils étaient au niveau des mieux instruits de la paroisse. — Ne semblait-elle pas déjà préluder ainsi aux fonctions plus importantes qu'auraient plus tard à remplir ses sœurs des Petites-Écoles ?

Elle aimait à visiter les malades des alentours, et elle excellait à les préparer à une mort chrétienne. On cite une jeune fille dont la poitrine était rongée par un cancer. Elle allait chaque jour la soigner ; et celle-ci supplia sa mère d'aller vite chercher la bonne demoiselle Amélie, dès qu'elle serait en danger, voulant être fortifiée au dernier moment par la présence et les saintes paroles de sa charitable visitatrice.

Nous la voyons encore se prodiguant près du berceau d'une enfant mourante de ce même frère qui avait été ramené à la vie par le dévouement de sa sœur. Celui-ci, nommé receveur dans une ville éloignée, vint lui amener, avant de partir, sa femme avec deux jeunes enfants dont la dernière, Léocadie, n'ayant que six mois, était si faible et si accablée par la fatigue d'un long voyage, qu'elle paraissait n'avoir plus que quelques jours à vivre. Après s'être sacrifiée pour le père, Amélie se sacrifie pour l'enfant. Il semble qu'elle avait un pressentiment mystérieux de la vocation future de cette petite nièce qui, en effet, l'aidera plus tard à fonder sa Congrégation, et lui succédera dans la charge de supérieure générale. La jeune mère, à peine âgée de 20 ans, sans aucune habitude des malades, se reposait entièrement sur sa belle-sœur pour les soins à donner à cette frêle enfant. Amélie s'acharna, pour ainsi dire, à rester près du berceau : pendant quarante jours elle y passa une partie des nuits : et voici, malgré tout, que la pauvre petite semble un matin à toute extrémité. Déjà, ses yeux sont vitrés : c'est l'agonie qui commence. Le médecin déclare qu'elle ne passera pas la journée. L'imminence du danger ne fait qu'exciter la foi et la confiance de la pieuse tante. Elle s'adressa au cœur de Jésus. Seigneur, dit-elle, sauvez cette enfant, vous le pouvez. — Sur ces entrefaites. un ami de la famille. M. Giron, venant faire visite à Mme Fristel, parle

d'un remède très énergique, mais trop fort déjà
pour l'agonisante qui n'a plus qu'un souffle de vie.
— Amélie voit dans cette parole une indication de
la Providence elle-même ; elle n'hésite pas à donner
le remède, après une fervente prière — et l'enfant ne
tarda pas à revenir, on peut le dire, des portes du
tombeau. Nous n'avons pas à nous prononcer sur
le caractère de cette guérison : nous ne faisons que
constater le fait ; mais lorsque l'on songe à ce que
devait être un jour l'enfant arrachée des bras de la
mort, et à la manière extraordinaire dont elle lui
échappe, la pensée d'une intervention surnaturelle
de Dieu, due à la prière de la vertueuse tante, ne
se présente-t-elle pas d'elle-même à l'esprit ?

Quoi qu'il en soit, Léocadie était sauvée : la
mère, obligée, quelque temps après, de partir avec
son mari, laissa l'enfant jusqu'au printemps de
l'année suivante à la garde de sa belle-sœur, dont
elle avait pu apprécier le dévouement. Et dans la
suite, lorsque Léocadie était malade, on s'empressait de la reconduire à sa tante. Dans la famille, on
était persuadé que celle-ci pouvait seule la guérir.
En 1830, lorsque M. Malo Fristel eut obtenu sa
retraite, il vint demeurer à Paramé près de sa sœur
Amélie, qui se chargea avec bonheur de l'éducation
de ses deux nièces âgées de 6 ans et de 8 ans, et
les prépara à leur première communion.

Cette fonction si belle d'éducatrice qu'elle devait
plus tard assigner à ses religieuses, elle commença

donc par l'exercer elle-même. Avant de s'occuper
des deux enfants de son frère aîné, elle s'était déjà
chargée à Beaulieu d'une autre nièce, fille de sa
sœur Reine, mariée à M. Lemarchand.

À la mort de son mari, celle-ci était venue passer
une partie de l'année à la campagne, près de sa
mère, avec ses quatre enfants. Quel surcroît de
travail pour la bonne Amélie ! Malgré son dévouement, elle était souvent traitée avec hauteur par sa
sœur qui l'appelait dédaigneusement une pauvre
dévote. Loin de lui garder rancune pour ses procédés peu aimables, elle demanda à sa sœur, lorsque
celle-ci dut retourner à Saint-Malo, de lui laisser
sa petite fille et elle entreprit son éducation qu'elle
continua jusqu'à ce que son élève eût atteint l'âge
de 15 ans. Celle-ci, rentrée chez sa mère, épousa
quelques années plus tard un excellent chrétien,
capitaine au long-cours, M. Huet, dont le frère
est mort recteur de Saint-Thual, avec la réputation
d'un saint ; toujours elle conserva pour sa tante
vénérée les sentiments d'une vive reconnaissance :
et elle se plaisait à proclamer les vertus héroïques
dont elle avait été témoin.

Amélie s'appliqua surtout à bien préparer ses
neveux et nièces au grand acte de la première communion ; et six fois, à cause de leur différence
d'âge, elle eut à recommencer ce travail, et toujours avec une patience et un dévouement admirables. Non seulement elle leur faisait apprendre à

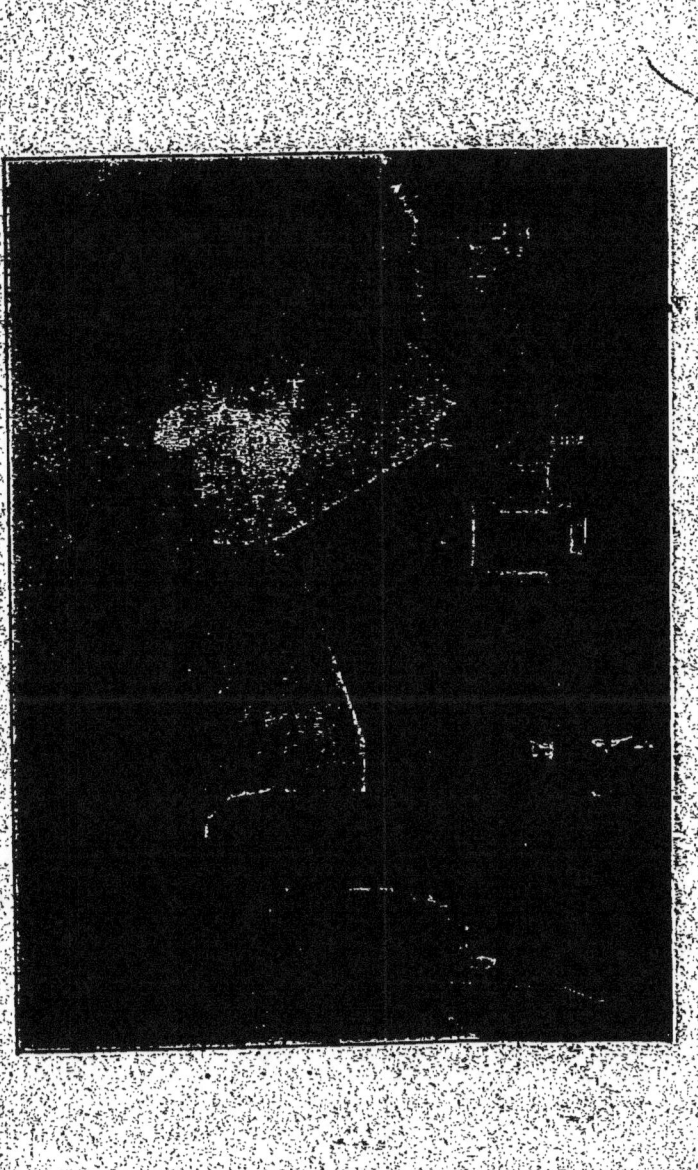

ANCIENNE ÉGLISE DE PARAMÉ

la lettre le catéchisme et de l'histoire sainte, mais elle leur donnait des explications claires, parfaitement adaptées à l'intelligence de ces enfants qui prenaient goût à entendre leur tante parler ainsi des belles vérités de notre sainte religion. A la fin d'une leçon, l'une de ses nièces disait : Continuez, ma tante, cela est si intéressant.

Et quelle pieuse sollicitude pendant la retraite préparatoire! Elle ne les quittait plus, reprenait les instructions pour mieux les graver dans leurs jeunes âmes, les aidait à faire l'examen de leur conscience, et par ses ardentes exhortations, excitait dans leurs cœurs l'amour et le désir de la sainte communion.

Deux de ses nièces qui lui ont survécu ont pu rendre témoignage plus tard de tous les soins dont elles avaient été l'objet de la part d'Amélie à l'époque de leur première communion ; et se rappelaient avec attendrissement les bonnes et touchantes paroles qu'elle leur adressait pour disposer leurs âmes à cet acte important.

Au milieu de ces nombreuses occupations, et malgré toutes ses fatigues, Mlle Fristel demeurait toujours calme, toujours égale, toujours souriante, attentive aux besoins de sa mère et dirigeant l'économie du ménage. Et même elle voulut encore pratiquer en secret des austérités qui parfois ne furent pas assez conformes aux lois de la prudence. Nous le savons par ses propres aveux qui lui échap-

3

pèrent en conseillant plus tard à ses novices de mieux ménager leur santé qu'elle ne l'avait fait elle-même.

Ces mortifications et ces labeurs de toutes sortes avaient déterminé une maladie qui fut l'occasion et le point de départ d'un pas en avant sur le chemin de la vie religieuse : son entrée dans le tiers-ordre des Filles du Sacré-Cœur.

CHAPITRE III

Entrée d'Amélie dans le Tiers-Ordre du Cœur
de la Mère admirable.

(1822)

LA TERTIAIRE DU SACRÉ-CŒUR.

Maladie d'Amélie et promesse d'entrer dans le Tiers-Ordre.
— Retraite au Rocher en Saint-Servan. — Ce qu'est le
Tiers-Ordre fondé par le Vénérable Père Eudes. — Premières relations d'Amélie avec le Révérend Père Louis de
la Morinière, supérieur général des Eudistes. — Amélie,
supérieure des Tertiaires. — Tableau de la véritable Tertiaire du Sacré-Cœur. — Mystérieux avertissements donnés
à Amélie sur sa mission future de fondatrice d'une nouvelle
Congrégation religieuse.

Dès son arrivée à Beaulieu, en Paramé, Amélie
Fristel avait voulu, comme à Saint-Malo, faire
partie de la Congrégation des jeunes filles de la paroisse. Avec l'assentiment de son directeur elle
avait déjà fait le vœu de chasteté. N'ayant pu satisfaire son attrait pour la vie religieuse, elle fut sol-
licitée plusieurs fois d'entrer dans le Tiers-Ordre
du Sacré-Cœur établi à Paramé, mais elle éprou-

vait on ne sait quelle répugnance pour cette association, probablement parce qu'elle ne la connaissait pas assez, ou parce que les réunions des tertiaires ne semblaient pas suivies bien régulièrement. Mais le Seigneur avait ses vues sur Amélie ;
pour remplir ses desseins mystérieux, le Tiers-Ordre
devait être d'un précieux secours, sous bien des
rapports, à la future fondatrice de la Congrégation
des Sacrés Cœurs de Jésus et Marie. — Aussi Dieu
qui a façonné les cœurs et les conduit à son gré, tout
en respectant la liberté, sut-il amener sa fidèle
servante à se tourner vers les filles du Sacré-Cœur.

A la suite de toutes les fatigues dont nous avons
parlé, une maladie d'épuisement la réduisit, au
bout de six mois, presque à l'extrémité.

Elle était résignée à mourir : mais la pensée de
sa mère la rattachait à la vie : elle souhaitait de la
conserver pour elle. Une sorte d'inspiration céleste
la pousse à promettre à Dieu, s'il daignait la guérir,
d'entrer dans le Tiers-Ordre du Sacré-Cœur. Elle
venait de prendre cet engagement avec elle-même
et de l'offrir à Dieu, lorsque, dans une visite qu'on
lui rendait, quelqu'un se mit à parler d'un traite-
ment qui avait réussi dans un cas analogue au sien.
Mlle Fristel retint cette parole. Elle suivit la médica-
tion indiquée et recouvra en peu de temps la santé.

Aussitôt elle se mit en mesure d'accomplir sa
promesse : une retraite devait avoir lieu bientôt à
la maison du Rocher à Saint-Servan pour les ter-

tiaires du Sacré-Cœur ; elle demande à en suivre les exercices. C'était pour la seconde fois qu'une guérison extraordinaire la portait par reconnaissance à se rapprocher de la vie religieuse.

Le Tiers-Ordre dans lequel elle allait entrer répondait admirablement à sa situation actuelle. Elle ne pouvait quitter sa mère âgée et infirme. Or, le Vénérable Père Eudes, fondateur de la Congrégation qui porte son nom, et de l'ordre de Notre-Dame de Charité du Refuge, avait précisément eu pour but, en instituant cette troisième famille religieuse vers 1648, de sanctifier les âmes qui se sentent attirées à la perfection et qui, pour un motif quelconque, ne peuvent embrasser la vie de communauté. Il voulait en faire comme un Tiers-Ordre de Notre-Dame de Charité du Refuge, le consacra spécialement au culte du saint Cœur de Marie, et lui donna le nom de Société des Enfants du Cœur de la Mère admirable : c'est là son titre officiel, mais ordinairement les membres sont connus sous le nom de Filles du Sacré-Cœur.

Cette société avait donc le même but que les Tiers-Ordres de Saint-François et de Saint-Dominique, mais avec des règles et des pratiques plus accessibles aux pieux fidèles obligés de vivre dans le monde. Elle a même quelque chose de plus parfait que ces Tiers-Ordres, puisque les personnes mariées n'en peuvent faire partie. Elle constitue véritablement la vie religieuse dans la famille.

Le Vénérable Père Eudes, premier apôtre du Sacré-Cœur de Jésus et du Saint Cœur de Marie, fidèle à sa mission reçue du Ciel, trouvait encore, en plaçant cette pieuse Association sous le vocable des Sacrés Cœurs, le moyen de propager ainsi cette belle dévotion dans l'Église.

Et n'est-ce pas dans les réunions de cette Société qu'Amélie puisa son amour ardent pour le Cœur de Jésus, sa confiance dans sa protection puissante, confiance dont elle donna plus tard tant de preuves, et qu'elle vit récompensée par des faveurs signalées ? N'a-t-elle pas voulu appeler à son tour la famille spirituelle dont elle sera la mère, la Congrégation des saints Cœurs de Jésus et Marie ? Du reste, c'est au sein de la Société des Filles du Sacré-Cœur qu'elle devait trouver ses meilleures auxiliatrices pour toutes ses œuvres de charité : ce fut comme la pépinière bénie de sa future Congrégation. C'est là surtout qu'elle entra en relations avec le Père Louis de la Morinière, Supérieur général des Eudistes, à l'occasion des retraites de Tertiaires à Saint-Servan, prêchées par ce digne fils et successeur du Vénérable Père Eudes. A peine l'eut-elle connu que, gagnée par sa sainteté, elle lui voua une confiance sans borne ; et, dans toutes ses entreprises charitables, nous la verrons lui soumettre les avis de son directeur de Paramé, M. Rosty, avant de s'appliquer définitivement à l'exécution de ses pieux projets. De là, une correspondance suivie

dont nous aurons à citer des extraits, entre la fidèle
Tertiaire du Sacré-Cœur et celui qu'elle regardait
comme son véritable supérieur.

Du reste, le vénéré Père avait distingué aussitôt
la grande vertu et les précieuses qualités de sa fille
spirituelle. Le Tiers-Ordre établi à Paramé après la
révolution s'y recrutait difficilement. Lorsqu'Amélie en fit partie, ses compagnes ne tardèrent pas à
reconnaître son mérite. Elles la choisirent bientôt
pour supérieure et renouvelèrent constamment son
élection. Toujours guidée par le P. Loüis, elle di-
rigea si bien sa chère société qu'elle lui donna un
nouvel élan, et fit croître sensiblement le nombre et
la ferveur de ses membres.

Bientôt le Tiers-Ordre compta une trentaine de
pieuses filles qui, régulièrement, se réunissaient
chaque premier dimanche du mois dans le salon de
leur supérieure à Paramé. Le directeur local,
M. Rosty, premier vicaire, venait présider la réunion et adressait une exhortation. S'il en était em-
pêché, Amélie le suppléait en faisant une lecture
de piété. En dehors de la réunion mensuelle, elle
était toujours à la disposition des tertiaires qui souvent la consultaient. Quelles que fussent ses occupations, au milieu des soins de la maison et de tant
d'œuvres charitables qui parfois lui laissaient à
peine le temps de prendre ses repas, jamais elle ne
se montrait contrariée par ces nombreuses visites ;
elle recevait toujours gracieusement les personnes

qui venaient lui demander des conseils, et les ren-
voyait charmées de son accueil, encouragées et
fortifiées par ses bonnes paroles.

Avec quel zèle et quel dévouement elle s'attachait
à les pénétrer de l'esprit de sa chère société qui,
tout en perfectionnant ses membres, pouvait rendre
encore tant de services religieux. Amélie, tertiaire
du Saint-Cœur de Marie, fut la digne continuatrice
de ces pieuses filles qui, durant la période révolutionnaire, avaient comme suppléé le clergé dans
de nombreuses paroisses de Normandie et de Bretagne où le Tiers-Ordre s'était développé rapide-
ment. Ecoutons le bel hommage que leur rend
M. l'abbé Lécarlate dans l'*Essai historique sur les
monuments de Dol* :

« Ces humbles femmes, dénommées dans l'E-
« glise sœurs des Sacrés Cœurs de Jésus et de
« Marie, tout en renonçant au mariage, vivaient
« au sein de leurs familles, dont elles étaient la
« joie et l'orgueil. Elles étaient au milieu du monde
« comme le lis entre les épines. Elles faisaient
« l'école aux enfants, leur apprenaient les prières
« et le catéchisme, leur montraient à lire, à écrire,
« de manière à pouvoir remplir plus tard par eux-
« mêmes leurs affaires. D'une modestie irrépro-
« chable, elles inculquaient l'amour de cette vertu
« à leurs jeunes élèves. Quand les prêtres eurent
« quitté le sol de la patrie, quand les chaires chré-
« iennes furent envahies par les forcenés qui hur-

« laient le blasphème et l'impiété, quand nos églises
« furent profanées par des chants infâmes, la bonne
« sœur apprenait aux enfants à chanter les can-
« tiques de la mission. Quand le malade était gisant
« sur un lit, sans prêtre, elle s'ingéniait à lui en
« procurer un, sans craindre la mort dont on la
« menaçait. A défaut du prêtre, elle prenait, dans
« le bon trésor de son cœur, des paroles de conso-
« lation pour aider le mourant dans le passage du
« temps à l'éternité. Quand il fut défendu sous
« peine de mort de prier Dieu, d'avoir un objet
« de piété, ces bonnes filles continuaient à remplir
« leur apostolat, et allaient en prison, joyeuses
« d'avoir accompli un devoir sacré. Si, durant la
« Terreur, des prêtres ont fait faire quelques com-
« munions, c'était le plus souvent à des enfants
« instruits par ces âmes d'élite. » A ce tableau, il
faut ajouter que plus d'un prêtre leur dut la vie
aux jours néfastes de la Révolution. C'est dans leur
maison et celle de leurs parents qu'elles dérobaient
les ecclésiastiques aux poursuites des méchants.
Dans l'absence de tout prêtre, elles réunissaient
souvent leurs voisins dans une modeste grange
aux heures des offices, pour y lire tout haut les
prières de la messe.

Voilà une partie des services rendus par la société à laquelle Amélie était si heureuse maintenant
d'appartenir. L'esprit en est toujours le même, et
nous ne pouvons résister au plaisir de reproduire

encore le portrait des Filles du Sacré-Cœur, tracé
avec tant de délicatesse et d'exactitude par le Révérend Père Pinas, eudiste, dans son livre sur le
Vénérable Père Eudes et ses œuvres. Car ce tableau
reproduit les traits principaux de la sainte tertiaire
qu'était devenue Amélie Fristel.

« Voyez-les encore maintenant, avec ce cachet
de piété, de charité et de simplicité, que le Père
Eudes a su imprimer à toutes ses œuvres. La plupart d'entre elles ne sont pas riches : elles gagnent
modestement leur vie par un travail quotidien ; elles
savent cependant économiser chaque semaine
quelques heures pour les consacrer à l'ornementation de l'Eglise ou à l'instruction religieuse des enfants. Elles vivent au milieu du monde, qu'elles
édifient par leurs vertus. Leur costume ne diffère
des vêtements ordinaires que par l'exclusion de
toutes ces coquetteries et frivolités que le monde
recherche. Vous les reconnaîtrez sans peine à cette
simplicité modeste, dans la ville comme dans la
campagne. Vous les discernerez surtout à leur dévouement, qu'elles vivent dans leurs familles dont
elles soignent les vieillards et les petits enfants, ou
qu'elles prodiguent leurs précieux services, dans
les presbytères, aux prêtres dont elles se sont constituées, plutôt par esprit de foi que par intérêt, les
humbles servantes. »

Tous les caractères de la vertu d'Amélie semblaient
donc la désigner pour faire partie d'une telle société.

De plus en plus, lorsque Dieu l'eut amenée à y entrer, elle réalisa dans sa vie par sa piété, sa simplicité, son humilité, son dévouement et son esprit d'apostolat les différents traits d'un tableau si honorable pour le Tiers-Ordre des Filles des Saints-Cœurs. Supérieure des Tertiaires de Paramé, elle était surtout leur modèle vivant aussi bien que leur conseillère charitable et éclairée. En même temps la Providence l'avait appelée à ce Tiers-Ordre pour qu'elle y trouvât, à son insu, les germes et les éléments de sa future congrégation, — soit au point de vue des œuvres, de l'esprit, et des dévotions qui la distinguent, soit au point de vue des personnes qui l'aideront dans sa fondation. — C'est à cause de cette influence bénie du Tiers-Ordre fondé par le R. P. Eudes, sur la vie et les entreprises de la nouvelle Tertiaire, que nous avons voulu faire connaître cette pieuse société dont on semble de nos jours oublier les avantages et les bienfaits.

Amélie avait écouté la voix de Dieu qui, pour elle, avait parlé en lui accordant sa guérison. Le Seigneur voulut de nouveau faire entendre sa voix à sa fidèle servante pour l'avertir mystérieusement que là n'était pas encore sa vocation définitive, et lui donner un vague pressentiment de ses desseins sur elle.

Sans nous prononcer sur le caractère de ces avertissements extraordinaires, nous n'avons qu'à faire le récit des faits, d'après les confidences mêmes d'Amélie Fristel ; mais nous ne pouvons nous empêcher de reconnaître en eux la manière accoutumée dont procède avec ses privilégiés le Dieu qui prépare de loin tous les événements et dispose tout avec douceur et suavité.

Une nuit, pendant une insomnie, une clarté subite illumine la chambre d'Amélie ; il lui sembla que la sainte Vierge lui apparaissait et lui annonçait qu'elle deviendrait fondatrice d'une congrégation nombreuse. Elle jeta un grand cri qui réveilla sa mère couchée dans la pièce voisine. Mme Fristel, voyant le reflet lumineux, crut que sa fille avait allumé un flambeau, et lui demanda si elle était indisposée. Amélie répondit négativement et aussitôt la clarté s'éteignit. Il y avait alors si peu d'apparence de la réalisation d'une telle prédiction que Mlle Fristel se persuada qu'un songe l'avait abusée. Mais plus tard, devenue en effet supérieure d'une congrégation, elle se rappela ce fait tout au moins extraordinaire, sinon surnaturel, et le révéla à l'une de ses religieuses. Ce ne fut pas là le seul avertissement qu'elle reçut de la mission à laquelle elle était destinée. Pendant une retraite de Tertiaires à la maison du Rocher à Saint-Servan, le prêtre auquel elle s'adressa lui affirma, sans la connaître, qu'elle serait un jour religieuse, et comme elle objectait l'impossibilité d'abandonner sa mère, et qu'après la mort de celle-ci, elle serait sans doute trop avancée en âge pour entrer au couvent : « Je vous répète, répliqua le prêtre, que vous deviendrez la mère d'une nombreuse famille religieuse. » Tout porte à croire que ce prêtre était le R. P. Loüis et qu'il prononça ces paroles à la première retraite dont Marie-Amélie suivit les exercices au Rocher.

Une autre fois, une fille du Sacré-Cœur, qui avait la réputation d'une sainte, lui prédit avec assurance et précision qu'elle serait fondatrice d'un hospice de vieillards. Ceci paraissait encore moins probable que l'entrée en religion. Aussi Mᴵˡᵉ Fristel prit-elle ce propos pour le résultat de l'exaltation d'esprit de la bonne fille. Cependant, vingt ans plus tard, l'invraisemblable était devenu réalité.

L'humble Amélie ne parut point se préoccuper de ces avertissements célestes ; mais elle se préparait inconsciemment à sa mission future par la pratique des vertus qui font la véritable et parfaite Tertiaire du Cœur de la Mère admirable.

CHAPITRE IV

Dernières années et mort de Mme Fristel.

(1832-1836).

Apostolat de Marie-Amélie a Paramé.

Amélie reste fidèle à son vœu de virginité. — Sa piété filiale. — Maladie et mort de Mme Fristel. — Bonté et générosité d'Amélie pour les pauvres et les malades. — Son zèle pour les âmes à réhabiliter ou à préserver. — Diverses œuvres paroissiales.

Mme Fristel dont les infirmités grandissaient avec l'âge vint, en 1826, habiter le bourg de Paramé, pour être auprès de l'église paroissiale. Sa fille trouva dans ce changement de résidence de plus grandes facilités pour se livrer à ses pratiques religieuses, toujours accompagnées d'œuvres de miséricorde; car sa foi était essentiellement agissante. Mais à côté de l'avantage existait l'inconvénient : c'est que la maison de sa mère devenait un but de visites plus fréquentes; et Amélie regrettait de ne pouvoir donner un emploi plus utile au temps

passé dans des conversations. Cependant, sachant
se faire toute à tous, son affabilité, la rectitude de
ses idées, la parfaite mesure de son langage impri-
maient à ses entretiens un attrait sérieux que l'on
ne pouvait oublier et dont on aimait à subir l'influence. Son ascendant sur ceux qui l'approchaient
fut pour elle l'occasion d'une nouvelle victoire. Le
fils d'une amie de sa mère, jeune homme excellent
et très religieux, charmé par la bonté et la piété
d'Amélie qu'il voyait chaque soir en venant chercher sa mère chez Mme Fristel, rêva une union qu'il
croyait possible. Les refus d'Amélie le plongent
dans la tristesse et l'abattement. Souvent il revient à la charge, aidé de Mme Fristel elle-même
qui songeait toujours à établir sa fille. Celle-ci,
avec son bon cœur, souffre de faire de la peine à
quelqu'un et de contrarier sa mère. Mais elle se
souvient du vœu qui la lie au céleste Epoux des
vierges chrétiennes, et demeure inflexible, malgré
les instances réitérées de sa mère à qui, sur ce point
seulement, elle résiste jusqu'à la fin. Pour le reste,
elle se pliait non seulement à toutes ses volontés,
mais à ses moindres désirs, et on peut le dire,
même à ses caprices. Ainsi, dans un moment de
vivacité, Mme Fristel renvoya sa domestique, et Amélie dut faire l'office de servante; elle s'appliqua à tous
les détails du ménage, sans témoigner aucun mécontentement ; sa vertu éclairée et courageuse l'a-
vait habituée déjà depuis longtemps à se vaincre

elle-même, à dominer la nature dans les choses de moindre importance comme dans les circonstances plus graves de la vie chrétienne ; n'est-ce pas à ce signe que l'on reconnaît la vraie piété? Ses nouvelles occupations ne lui faisaient pas oublier les membres souffrants de Notre-Seigneur. A cette époque, une épidémie de fièvre typhoïde sévissait dans le pays de Paramé. Amélie se prodigua avec un dévouement admirable : plusieurs malades lui durent leur guérison et se plaisaient à le proclamer.

Plus sa charité était connue, plus les occasions de s'employer aux bonnes œuvres se multipliaient sous ses pas ; et son cœur généreux ne lui permettait pas un refus lorsqu'il s'agissait d'intervenir en faveur de quelque malheureux.

Mme Fristel, heureuse et fière d'une telle fille, comprit que les forces d'Amélie ne pourraient longtemps suffire à tant de travaux.

Du reste, ses autres enfants, voyant les fatigues de leur chère sœur, insistèrent pour que leur mère prît à son service une nouvelle domestique. Amélie fut chargée de la choisir elle-même.

On lui recommanda une jeune fille de 22 ans, robuste et pieuse, de la paroisse de Saint-Cast. Elle l'accepte sans la connaître davantage : « quant au caractère, disait Amélie, cela ne m'inquiète point. je ne m'aperçois pas des mauvais caractères. » Réflexion qui nous montre parfaitement la vertu bienveillante d'Amélie prête à tout souffrir de la part

des autres, et ne cherchant, elle, qu'à faire plaisir
à tout le monde. De fait, jamais elle n'avait eu d'ennemi ; elle gagnait le cœur de tous par la douceur
de ses procédés. La nouvelle venue s'attacha tellement à Amélie qu'elle ne voulut plus la quitter.
Elle la suivit plus tard à l'asile des Chênes, fut une
des premières religieuses de la Congrégation ; alors
seulement il lui fallut s'éloigner de sa jeune maîtresse, devenue sa supérieure, pour occuper les
postes que l'obéissance lui assigna ; mais, en 1866,
dès qu'elle apprit la maladie grave de la Mère Amélie,
elle accourut près d'elle, et nous la verrons demeurer jusqu'à la fin au chevet du lit de la mourante, puis veiller la couche funèbre : à la fin de
la cérémonie des obsèques, quand elle voulut jeter
de l'eau bénite sur le corps de la défunte, elle poussa
un grand cri et faillit perdre connaissance. En
quittant le cimetière : au revoir, bonne mère,
dit-elle, bientôt j'irai vous rejoindre. Trois années s'étaient à peine écoulées que cette fille fidèle,
d'une santé vigoureuse jusqu'alors, tomba malade
et se réjouit de mourir à son tour pour retrouver
celle qu'elle avait tant aimée sur la terre. De tels
attachements ne suffisent-ils pas pour prouver la
bonté pleine d'attraits de celle qui avait su les
provoquer ?

Mais revenons à Mᵐᵉ Fristel dont la santé s'af-
faiblissait de plus en plus. Amélie se réserve entièrement le soin de la chère malade. La nuit,

elle ne veut pas interrompre le sommeil de la servante. « Vous êtes jeune, lui dit-elle, vous avez besoin de dormir ; pour moi, je suis tellement habituée à me lever la nuit que cela ne me gêne plus. L'habitude n'est-elle pas une seconde nature ? »

Le sacrifice et le dévouement n'étaient-ils pas en effet devenus comme naturels à notre pieuse héroïne de la charité et de la piété filiale ? Une troisième fois, l'excès de fatigues allait compromettre gravement la santé d'Amélie.

Hélas ! tant de soins ne pouvaient rendre les forces à Mᵐᵉ Fristel accablée par l'âge et de pénibles infirmités. Consulté par Amélie, le médecin ne dissimula point le danger : les remèdes ne faisaient qu'aggraver les souffrances de la malade, et la faiblesse ne tarderait pas longtemps à l'emporter. Bercée par une étrange illusion, Mᵐᵉ Fristel ne songeait nullement au péril de son état, elle ne s'arrêtait point à la pensée de la mort qu'elle croyait encore assez éloignée ; malgré ses 72 ans accomplis, elle parlait même à sa fille de beaux projets pour l'avenir.

Amélie fut accablée de douleur à la désolante nouvelle ; mais elle comprit toute l'étendue de ses devoirs, et elle trouva dans sa foi et dans son cœur le courage de les accomplir : c'est à elle qu'incombait le disposer sa mère à faire une sainte mort. Il fallait d'abord la préparer doucement en lui laissant entrevoir la douloureuse et peut-être prochaîne issue de sa maladie. Sans doute, Mᵐᵉ Kristel était chrétienne ; mais elle avait aimé le monde ; elle lui restait encore attachée, et ne songeait qu'avec effroi à la séparation dont elle chassait l'idée de son esprit. Dans son cœur la crainte surpassait l'amour.

Avec un tact exquis et une délicatesse extrême, Amélie parla à sa mère de la mort comme d'une amie, d'une libératrice qui nous arrache aux tristesses de la vie pour nous donner aux joies de la patrie véritable et nous réunir à Dieu, source du vrai bonheur. Elle lui dit combien il est doux à une âme de se sentir prête à paraître devant le bon Dieu, et combien il importe de se tenir en garde contre les surprises possibles. Sous l'influence des pieuses paroles d'Amélie et de la grâce divine qu'elle en implorant pour sa mère, Mᵐᵉ Kristel comprend qu'elle doit songer plus sérieusement que jamais à la grande affaire du salut. Elle accueille avec joie son confesseur qui profite de ses bonnes dispositions pour l'engager à recevoir le sacrement des mourants. Mᵐᵉ Kristel ne se dissimule pas la pensée de la mort, du reste. Elle constate sa faiblesse extrême, et elle accepte avec reconnaissance la proposition du prêtre. Sa fille, ange de bonté, voulut elle-même l'aider dans sa préparation, et lui suggéra avec quelle ferveur adresser à Dieu... d'amour de confiance en Dieu et de résignation parfaite à la volonté divine.

Ce fut donc en pleine connaissance que la malade fut administrée ; elle put ainsi recueillir avec plus d'abondance les fruits salutaires attachés aux derniers Sacrements de la sainte Eglise. Quelle consolation au milieu de ses tristesses, pour le cœur de la pieuse Amélie ! Sa piété et son dévouement étaient récompensés ! Dès le lendemain, sentant la vie s'éteindre en elle, madame Fristel témoigna le désir de voir réunis autour d'elle ses trois enfants et ses petits-enfants.

Elle veut leur faire ses adieux et leur donner ses derniers conseils. Dans ce moment solennel, elle ne put s'empêcher de rendre hommage à la vertu de sa chère fille Amélie. Après avoir exprimé ses volontés suprêmes, elle ajouta ces paroles qui sont restées gravées dans le cœur de tous les membres de la famille assemblée : « Ce que je vous recommande surtout, c'est de ne jamais faire de peine à votre sœur : c'est un ange de vertu qui non seulement ne m'a jamais contristée, mais est toujours allée au-devant de mes désirs. D'ailleurs, mes enfants, vous l'avez vue à l'œuvre ; comme elle s'est dévouée non seulement pour moi, mais encore pour vous et vos enfants ! Afin qu'elle puisse vivre convenablement avec une servante, je lui laisse la moitié de mon bien avec tout mon ménage ; assurément, elle le mérite bien. Qu'en pensez-vous, mes enfants ? » — Tous s'empressèrent d'approuver la décision de leur mère mourante et ne se retirèrent qu'après avoir reçu avec ses adieux une suprême bénédiction.

Trois jours après cette scène attendrissante, Mᵐᵉ Fristel entra dans une agonie qui dura huit longues heures, au bout desquelles elle rendit le dernier soupir entre les bras de sa fille bien-aimée.

Amélie venait de réciter pour la dernière fois les prières des agonisants. Depuis plusieurs jours, elle n'avait quitté ni le jour ni la nuit le chevet du lit de la chère mourante à qui elle ne cessait de suggérer de pieuses pensées. Elle n'avait rien épargné pour la soulager dans sa maladie : elle pouvait surtout se rendre le témoignage qu'elle l'avait aidée à mourir d'une mort vraiment chrétienne et pleine de consolation aux yeux de la foi ; cette mort arriva en 1836.

Mˡˡᵉ Fristel était âgée de 38 ans lorsque sa mère mourut. Pour son cœur généreux et chrétien, il n'y avait qu'un moyen de combler le vide creusé par cette perte douloureuse : c'était de concentrer sur les pauvres et les souffrants toutes les forces de son amour. Désormais tout son temps est consacré à l'exercice de la charité envers les malheureux : elle s'applique avec bonheur à toutes les bonnes œuvres qu'une paroisse peut offrir à la piété des âmes religieuses et dévouées.

Bientôt son zèle va la pousser à établir une association charitable qui fera éclater, avec les richesses de son cœur et de sa foi, les ressources d'un esprit éclairé, ingénieux et doué d'une rare sagesse.

Mais avant de faire le récit de cette fondation du

bureau de charité et de l'association des Dames de
Charité à Paramé, nous avons encore à montrer
Amélie dans les détails de ses œuvres de charité et
de piété pour mieux connaître et pour admirer
cette vie toujours simple et modeste, mais toute à
Dieu, toute à Jésus-Christ, dans la personne de ses
membres souffrants.

Elle avait défendu à sa domestique de renvoyer
les mains vides le pauvre qui se présentait à la porte
de sa maison; elle ne voulait pas qu'on lui donnât
seulement du pain sec; il fallait toujours y ajouter
du beurre ou des fruits. Souvent elle l'envoyait le
soir porter aux malheureux du bois et du charbon;
elle en avait toujours une bonne provision achetée
sur ses épargnes; et afin de pouvoir en distribuer
davantage, elle ne permettait pas qu'on allumât du
feu dans son salon où elle passait pourtant une
grande partie de ses journées avant la fondation du
bureau de charité. Ainsi la vraie charité sait se dévouer, se priver en faveur des pauvres de Jésus-
Christ. Lorsqu'elle était chez elle, elle ne manquait
jamais de dire quelques mots affectueux aux men-
diants qui venaient à sa porte, s'informant avec intérêt de leurs besoins et de leurs malheurs, allant
parfois jusqu'à mêler ses larmes aux leurs. Quand
elle rencontrait surtout des âmes ulcérées, aigries
par la douleur et murmurant contre la Providence,
elle s'ingéniait à puiser dans le bon trésor de son
cœur des paroles de consolation et de confiance

Elle ajoutait à son aumône matérielle l'aumône, bien supérieure de ses larmes et de son cœur, l'aumône de ses conseils pour relever ces âmes brisées par l'infortune, et celle de ses démarches pour leur faire trouver quelques occupations, lorsque ces malheureux étaient encore capables de travailler.

Un soir, en revenant de l'église, elle rencontre un vieillard étranger et malade, paraissant à bout de forces, et devant lequel toutes les portes du bourg étaient restées fermées. Touchée de compassion, elle lui procure un abri, lui fait prendre quelque nourriture. Le lendemain, après l'avoir veillé toute la nuit, elle envoie chercher le médecin, sans oublier le prêtre.

Le malheureux vieillard avait surtout besoin des secours de la religion dont il avait depuis longtemps négligé la pratique. Il accepta avec reconnaissance et bonheur le ministère du prêtre, reçut les derniers sacrements et mourut le soir même. On peut dire que la pieuse Amélie l'avait sauvé de la mort éternelle. C'est elle-même qui voulut bien ensevelir, et seule avec sa domestique, elle suivait le lendemain le convoi du pauvre qu'elle conduisit à sa dernière demeure en attendant le jour de la résurrection.

Les misères les plus ignorées étaient celles qu'elle aimait surtout à soulager. Que de pauvres honteux secourus par elle avec une discrétion qui laissait dans l'ombre la main du bienfaiteur ! Tan-

tôt c'était une mère, n'osant implorer la commi-
sération publique pour un enfant mourant de
besoin, qui recevait par une voie inconnue les
secours que Mlle Fristel avait su lui ménager; tantôt c'était une famille riche qu'elle savait intéresser
à l'indigence d'un voisin et dont elle obtenait pour
lui l'assistance. Que de traits de bienfaisance d'une
exquise délicatesse n'ont été connus qu'après sa
mort par les révélations de la reconnaissance ! Que
d'autres sont demeurés dans la mémoire de Dieu,
car elle-même les avait ensevelis dans le saint
oubli de l'humilité ! L'exercice de la vertu de charité lui était devenu comme naturel : aussi elle ne
pouvait admettre qu'on fît l'éloge de ses œuvres,
et ne comprenait pas qu'on pût voir souffrir son
prochain sans lui venir en aide. Elle disait plus
tard dans l'intimité à l'une de ses religieuses : « Ma
conscience ne m'eût pas laissé en repos, si j'avais
passé un seul jour sans secourir un malheureux! »
Parole vraiment héroïque dans sa simplicité
touchante !

Mais le zèle de notre sainte fille ne se bornait pas
à soulager les infirmités corporelles :

Avec sa foi et son amour de Dieu, elle cherchait
surtout à faire du bien aux âmes ; et sous l'influence
sans doute de l'esprit du Tiers-Ordre dont elle
était la supérieure à Paramé, une belle œuvre de
miséricorde spirituelle devient alors l'objet de son
apostolat : la préservation des jeunes filles exposées

dans le monde. Trop souvent les parents étaient
insouciants du danger où se trouvaient leurs enfants ; Amélie redoublait de sollicitude pour celles-
ci. Que de démarches n'a-t-elle pas faites, sans se
lasser jamais, sans se troubler des rebuts et des
injures même qu'elle eut à essuyer pour retirer
ces jeunes personnes d'une situation périlleue, et
leur trouver une place où leur innocence fût à l'abri.

Elle s'intéressa à plusieurs orphelines plus exposées encore ; elle en fit recevoir soit aux communautés du Bon-Pasteur d'Angers, et du Refuge
de Saint-Cyr de Rennes. soit, lorsqu'elles étaient
plus jeunes, à l'orphelinat du Rocher, en Saint-
Servan, fondé par M\ue Duguen, son amie, continué
par M\ue Chapey, puis, confié enfin aux sœurs de
Saint-Vincent-de-Paul.

Il est une œuvre de charité qui demande, entre
toutes, une haute prudence, un discernement sûr,
un tact parfait et un courage au-dessus de toute
répugnance : c'est celle dont le divin Maître nous a
tracé l'image, lorsqu'il se peint sous la figure du
pasteur compatissant qui, au mépris des fatigues
et des périls du voyage, court dégager la brebis
perdue au lointain, au milieu des épines, des
broussailles, ou dans les fanges des fondrières…
C'est l'œuvre à laquelle le cœur si miséricordieux
du Révérend Père Eudes a dévoué son premier
Institut, l'ordre de Notre-Dame de Charité du Refuge : le relèvement des pauvres âmes tombées

dans le vice, M Fristel sut imiter l'exemple des Religieuses fondées par le Père Eudes. Douée d'une éminente pureté, elle ne craignit pas de s'incliner vers les âmes déchues. Pour les relever, sa main était toujours prête à se tendre vers elles, son cœur toujours prêt à s'ouvrir afin de recevoir les larmes de leur honte et de leur repentir. Une pauvre fille de la campagne s'était abandonnée à une vie publiquement licencieuse. Cependant, elle se désole d'en être arrivée à un tel point de dégradation. M Fristel en est informée ; elle aussi s'afflige, et va trouver la jeune fille ; semblable au bon Samaritain, elle verse l'huile et le vin dans les blessures de la fugitive précipitée dans les ravins de la route. L'hôtellerie où elle l'apporte, c'est d'abord sa propre maison ; puis elle lui assure un refuge dans un asile ouvert au repentir.

Après dix ans d'austérités, la Madeleine convertie revint remercier sa bienfaitrice, et réparer, aux lieux témoins de ses fautes, le scandale de ses égarements, par une vie pénitente et recueillie.

Combien d'autres, après des écarts moins publics, ont dû à l'inviolable discrétion de M Fristel, à sa charité non moins habile que dévouée, les moyens de se réhabiliter ou de se retenir sur les bords de l'abîme !

Elle redouble de zèle, lorsqu'il s'agit des enfants à préserver. — M Fristel apprend un jour qu'une enfant de 7 ans a perdu sa mère et que la famille

qui lui reste donne par sa conduite de funestes
exemples. L'excellente Amélie se trouble à cette
pensée. Ne sait-elle pas que Jésus veut qu'on laisse
les petits s'approcher près de lui, et qu'il a lancé
l'anathème sur ceux qui les scandalisent? »

Elle obtient de prendre l'enfant à sa charge,
lui dresse une couchette dans un de ses meubles,
près de son lit. La santé chétive de la petite fille, son
esprit indiscipliné, son ignorance absolue ne révèlent que trop la double incurie de ceux qui
avaient à s'occuper de son corps et de son âme.
M⁽ᵉ⁾ Fristel a pour elle toutes les précautions, toutes
les tendresses; je dirais presque toutes les ruses de
l'amour maternel. Tout en jouant, elle l'instruit, la
redresse et la fortifie. Après l'avoir conduite à la
première et à la seconde Communion, elle la place
chez une respectable maîtresse qui lui apprend un
état, et lui permet de gagner honorablement sa vie
par le travail. La jeune fille, comprenant l'immense
faveur dont elle avait été l'objet, ne cessa jamais
de regarder la maison de M⁽ᵉ⁾ Fristel comme celle
de sa véritable mère.

Quelques années plus tard, à cette maternité
adoptive vint s'ajouter la maternité religieuse; car
l'enfant sauvée entra l'une des premières dans la
communauté fondée par sa bienfaitrice.

Aucune œuvre pieuse dans la paroisse de Paramé n'échappait au zèle de M⁽ᵉ⁾ Fristel. Elle fut
l'âme et parfois l'inspiratrice éclairée des œuvres

paroissiales. Ainsi, elle établit celle de la première communion afin de procurer des habits aux enfants pauvres qui eurent, grâce à ses soins, un uniforme complet dans ce grand jour de leur vie. Accompagnée de l'une de ses amies, elle allait quêter dans les familles plus aisées de vieux vêtements qu'elle accommodait, aidée par de pieuses demoiselles venant tous les mercredis travailler chez elle ; et depuis lors cette œuvre subsiste à Paramé.

Elle voulut encore vêtir N.-S. dans la personne de ses ministres. La plupart des habits sacerdotaux étaient usés ou déchirés ; la fabrique de la paroisse était pauvre et ne pouvait en acheter de nouveaux. Elle se mit à l'œuvre pour réparer les anciens ; et même elle en confectionna un neuf avec la robe de sa mère, et fit une étole avec le gilet brodé en or de son père.

Plus tard, ces ornements lui furent donnés pour la chapelle des Chênes. Aurait-elle pu songer alors qu'elle travaillait pour sa future chapelle ?

Toujours avec ses jeunes travailleuses du mercredi, elle fabrique des fleurs artificielles pour orner les autels de l'église paroissiale. Durant plus de 3o ans, elle se chargea de la chapelle de Saint-Joseph ; elle continua à la décorer, même après son entrée aux Chênes, malgré la distance qui la séparait de l'Église. Rien ne lui coûtait lorsqu'il s'agissait du bon saint Joseph pour lequel elle avait une dévotion extraordinaire et qui lui avait, disait-elle, accordé des faveurs signalées.

Elle le choisit même pour le premier patron de son asile.

Enfin, M\ˡˡᵉ Fristel, avec son amie M\ˡˡᵉ Gilbert, ajoutèrent au soin de l'ornementation de l'Eglise dont elles étaient seules chargées, celui des reposoirs à dresser sur le passage de N.-S. aux processions de la Fête-Dieu.

Toute cette existence consacrée à l'exercice de la piété et de la charité, n'est-elle pas un modèle admirable pour les âmes pieuses vivant dans le monde? Voilà pourquoi il ne nous a pas semblé inutile d'entrer dans les détails des saintes occupations qui absorbaient tout le temps de notre vertueuse demoiselle et en faisaient une véritable sœur de charité au milieu du monde. Tant de travaux la mettaient nécessairement en relations avec beaucoup de personnes charitables de la paroisse de Paramé. Ses vertus douces et sans prétention, sa ferme raison, la prudence de ses conseils lui avaient concilié un affectueux respect et même une influence positive dans le milieu qui l'entourait; une éducation soignée avait développé chez elle une intelligence d'élite, et la faisait aimer et rechercher par les personnes de la société. Elle en profita pour devenir l'initiatrice et l'agent d'une œuvre bien modeste dans ses débuts et qui depuis a pris un développement remarquable : l'Œuvre du Bureau de Charité dont nous avons maintenant à raconter la fondation.

CHAPITRE V

Le Bureau de Charité

(1837-1846)

Le R. P. Louis de la Morinière, supérieur général des Eudistes. — Amélie consulte le P. Louis sur son projet du bureau de Charité. — Réponse du saint directeur. — Établissement du bureau. — Ouvroir des jeunes filles. — Association des Dames de Charité. — Statuts et caractère religieux de l'œuvre. — Résultats heureux du bureau des pauvres. — Confrérie du Rosaire vivant. — Neuvaine de la grâce. — Influence salutaire de Marie-Amélie Fristel.

Les fréquents rapports de Mlle Fristel avec les indigents lui avaient appris qu'une des sources les plus ordinaires de leur misère était le chômage du travail pendant l'hiver.

La commune de Paramé se composait en grande partie de familles d'ouvriers, habitués à vivre du présent sans se préoccuper de l'avenir. Surviennent le manque d'ouvrage, les accidents ou les infirmités de l'âge, tout manque à la fois dans la maison.

Pour remédier à ces maux, il s'agissait de procurer aux mères de famille du travail à domicile.

de leur fournir des matières premières et de vendre les produits fabriqués. C'était à la fois lutter contre l'oisiveté et contre la misère. — Tel fut le but que se proposait Amélie, en établissant un bureau de charité, aidée et encouragée dans cette œuvre par deux de ses amies, Mlle Adélaïde Gilbert et Mme Veuve Étienne.

L'idée était simple, elle était féconde; mais tout manquait pour la mettre en exécution. Tout, je me trompe. Mlle Fristel possédait le levier qui soulève les montagnes, la foi et la grâce promise à la foi. Cependant, avec l'esprit d'humilité et d'obéissance dont elle était animée, Amélie n'aurait pas voulu commencer une pareille entreprise sans être assurée que telle était la volonté de Dieu, et par conséquent sans consulter, suivant son habitude, ceux qui étaient chargés de la direction de son âme.

Déjà depuis plusieurs années, elle entretenait une correspondance avec Rév. le Vénér. Père Louis, supérieur général des Trappistes, qui fut ..... nommé supérieur de la Trappe de Paramé, et dont les précieux conseils l'avaient aidée à faire fleurir dans le pays de Saint-Malo la pieuse Association. C'est à lui qu'elle soumettait maintenant tous les désirs de son cœur, aspirant toujours à une perfection plus grande et ne cherchant qu'à se dévouer à de nouvelles œuvres de charité. — Exemple admirable de simplicité et de soumission de la part de l'humble dirigée, de zèle et de bonté

de la part du saint directeur qui, au milieu des sollicitudes incessantes dans une charge accablante, ne
savait compter ni avec son temps ni avec sa peine
lorsqu'il s'agissait de faire du bien à une âme et
de l'encourager dans la pratique des vertus. L'influence du P. Loüis nous semble avoir été si
considérable sur Mlle Fristel dans l'établissement
du bureau de charité que nous croyons devoir le
faire connaître davantage aux lecteurs de la vie de
notre pieuse Tertiaire.

Jérôme Julien Loüis de la Morinière était né à
Janzé, le 24 février 1790. Après de brillants succès
au lycée de Rennes, il entra dans l'Université et
fut nommé en 1813 professeur de cinquième, puis
de quatrième au lycée où il avait fait ses études.
Par son zèle, par son talent pour instruire la jeunesse, et plus encore par sa rare piété, il y devint
en peu de temps le modèle des jeunes maîtres.
Aussi le R. P. Blanchard, songeant à restaurer la
Congrégation des Eudistes, dispersée par la Révolution, jeta les yeux sur M. Loüis pour l'aider à la
réalisation de ce projet.

Proviseur du lycée, puis recteur de l'Académie
de Rennes, et en même temps vicaire général
honoraire du diocèse, le P. Blanchard s'applique
à la formation du clergé ; et dans ce but, il avait
établi dans sa propriété du Pont Saint-Martin un
petit collège pour les enfants pauvres de la campagne dont la plupart étaient nourris à ses frais. Il

Révérend Père LOUIS DE LA MORINIÈRE
Superieur des Eudistes.

en confia la direction au jeune et pieux laïque professeur de quatrième au collège Royal, M. Loüis,
qui conduisait chaque jour les élèves du Pont Saint-
Martin au collège Royal pour en suivre les cours. —

Celui-ci venait d'être nommé titulaire de la
classe de rhétorique, en 1821, quand il sollicita et
obtint un congé de 4 ans pour aller à Saint-Sulpice
faire ses études théologiques. Prêtre à Noël en
1824, il reprit ses fonctions au Pont Saint-Martin
et au collège Royal. Il fut privé de sa chaire en août
1830, en même temps que le P. Blanchard était
destitué de sa charge de recteur de l'Académie.
Dès lors il se consacre tout entier à la direction de
l'Institution Saint-Martin qui prit chaque jour
un développement plus accentué, et à la restauration de la Congrégation de Jésus et Marie dont il
devint le chef à la mort du P. Blanchard, en 1830.
Doué d'une foi inébranlable, d'une patience invincible, et d'une rare abnégation, le nouveau supérieur sut triompher d'obstacles sans cesse renaissants
et conserver intact le dépôt qui lui avait été confié.
Il mourut, en 1848, en odeur de sainteté. Tout
dévoué aux œuvres du R. P. Eudes, il ne pouvait
manquer de s'intéresser aux branches différentes
de la famille spirituelle du saint Fondateur. Aussi,
jamais il ne craignit ses peines quand il s'agit
d'aider par ses conseils et ses prédications les Religieuses de N.-D. de Charité du Refuge, comme les
humbles tertiaires du Cœur admirable, si répandues

alors en Bretagne. C'est ainsi, nous l'avons vu, qu'il se trouva en relations avec Mlle Fristel, dans une retraite à Saint-Servan, et depuis lors, jusqu'à sa mort, le supérieur des Eudistes fut le véritable guide spirituel de la fondatrice du Bureau de charité et de l'Hospice des vieillards de Paramé, et de la future fondatrice de la congrégation des saints Cœurs de Jésus et Marie. Les Eudistes et les sœurs de Paramé sont restés fidèles à cette union de prières et de services mutuels que nous constatons ici entre le P. Loüis et la sœur Amélie Fristel.

Nous connaissons maintenant le saint directeur d'Amélie, et nous ne pouvons plus nous étonner de la confiance sans borne qu'elle avait en lui. La Providence elle-même avait assurément ménagé la rencontre de ces deux nobles âmes, rencontre si précieuse pour celle qui ne cherchait qu'un signe de la volonté divine afin de travailler hardiment à la réalisation de ses charitables desseins.

Elle avait donc immédiatement fait part au supérieur des Eudistes de son projet d'établissement d'un bureau de charité à Paramé.

Voici la réponse que donna le P. Loüis à la consultation de sa fidèle dirigée, le 12 janvier 1837 :

Vive Jésus et Marie !

Ma très chère fille, la société des sœurs du Tiers-Ordre est appelée à contribuer à toutes sortes de bonnes œuvres : c'en est le véritable esprit. Ainsi non seulement je ne blâme point votre désir d'établir un bureau de charité ; mais je ne puis trop vous engager à le mettre à exécution. Donner du travail aux pauvres, c'est l'aumône la mieux entendue, puisque, comme nous le dit l'Esprit-Saint, et comme nous le montre l'expérience, l'oisiveté est la mère de tous les vices. Ainsi, occupez le plus de monde que vous pourrez, et tâchez de faire prendre aux enfants le goût et l'habitude du travail en leur faisant voir l'utilité qu'ils en retireront, le petit bénéfice qu'ils en feront, l'ennui qu'ils éviteront. De combien de vices honteux vous les préserverez par là ! si Monsieur le Recteur ou l'un de ses vicaires voulait bien faire un prône là dessus, cela engagerait les pauvres à faire travailler leurs enfants, et les riches à contribuer autant qu'ils pourront à vous en fournir les moyens, — Je ne vous ai pas oubliée en offrant à Dieu toute la société le premier jour de l'an. J'ai eu trop de consolation à la retraite de Saint-Servan pour oublier aucune de celles qui y étaient, et je vous oublie moins encore qu'une autre.....

Soyons fidèles à la réunion du 1er dimanche de chaque mois, en attendant que nous nous retrouvions à la Retraite du Rocher de Saint-Servan ; réunissons-nous en esprit dans les saints Cœurs de Jésus et de Marie. Mes compliments à toutes vos sœurs de Paramé ; qu'elles soient exactes à la pratique du règlement, et surtout à la méditation. J'espère trouver la prochaine retraite encore plus nom-

breuse que la dernière. Si on comprenait combien
il est avantageux pour l'âme d'avoir ainsi quelques
jours pour rentrer en soi-même, réparer le passé, et
prendre les moyens de mieux faire à l'avenir, personne n'y manquerait, à moins d'une véritable impossibilité : et on ne dirait pas comme il n'arrive
que trop souvent : c'est assez d'y aller tous les deux
ans. Je vous salue bien respectueusement dans les
saints Cœurs de Jésus et Marie, et je vous prie de
me croire, ma très chère fille, votre très humble et
très obéissant serviteur ; Loüis, prêtre.

Encouragée par un supérieur qu'elle vénérait
comme un saint, Mlle Fristel se mit à l'œuvre pour
suivre les avis de ce bon Père.

Avec quelques oboles recueillies çà et là, elle
commença par acheter de menues merceries telles
que fil, aiguilles, lacets, chapelets, etc... et la voilà
trafiquant pour les pauvres, d'abord dans sa
maison, puis dans une petite boutique qu'elle fit
bâtir auprès de sa demeure.

Pour épargner un loyer qui eût diminué la part
des malheureux, elle voulut faire cette construction sur son propre terrain. Pour cela, il lui fallait
prendre sur son petit jardin qui avait à peine
4 mètres de longueur, et sur la façade de sa
maison dont elle bouchait ainsi l'une des fenêtres.
Ses amis et ses parents eurent beau lui faire des
observations, lui reprochant de défigurer son logis
par un appentis disgracieux. Il s'agissait de l'in-

térêt des membres souffrants de Notre-Seigneur ;
elle n'en resta pas moins ferme dans sa résolution.
Peu lui importait son bien-être ; elle s'applaudis-
sait plutôt d'avoir chez elle ce comptoir des
pauvres où elle pourrait passer sa vie sans dépen-
ser son temps en de fréquentes allées et venues.

Avec quelle joie elle employa ses premiers
bénéfices à accroître son fonds de commerce, non
sans avoir prélevé le dividende revenant aux indigents, ses bien-aimés actionnaires !

Il ne faut pas s'imaginer que cette œuvre si
utile ait pris faveur sans avoir à supporter ces
contradictions que l'esprit de négation souffle,
même aux meilleurs, contre les nouvelles indus-
tries de la charité. — Pourquoi, disait-on, cette
institution nouvelle, lorsque les autres suffisaient ?
Pourquoi éparpiller ainsi toutes les ressources ?
etc. etc... et plus d'un prophétisait la banqueroute
prochaine de la boutique de Mlle Fristel ! — Celle-
ci par sa modération, par la sagesse de sa gestion,
surtout par son entière confiance dans la Providence, surmonta ces traverses ; et à ceux qui
niaient la viabilité de son œuvre, elle répondit à
la manière du philosophe ancien qui réfutait les
objections contre la théorie du mouvement en se
mettant à marcher.

Pour habiller les pauvres, Mlle Fristel se mit
aussi à quêter des vêtements hors d'usage. Elle
avait organisé chez elle un atelier de jeunes per-

sonnes de la classe aisée qui venaient y travailler une fois par semaine, et s'occupaient à réparer ces vieilleries. Quand tout était comme remis à neuf, la récompense des jeunes ouvrières était d'accompagner leur maîtresse dans les pauvres ménages et de distribuer elles-mêmes les layettes pour les nouveau-nés et les chauds vêtements pour les vieillards.

Ainsi, à côté de son bureau de charité se trouvait établi un ouvroir, institution précieuse pour les pauvres qu'elle aidait à revêtir, mais surtout pour les jeunes filles qu'elle unissait dans la pratique de la charité et de la vertu.

Ce ne fut pas encore la seule association dont le bureau fut l'occasion et le résultat.

S'appuyant sur ses premiers succès, Mlle Fristel parvint à intéresser à son entreprise quelques-unes des familles de propriétaires qui passent la saison d'été dans leurs maisons de campagne à Paramé. Du reste, elle ne pouvait arriver à la continuer sans faire appel à plus d'une bourse, sans mettre à contribution toutes les bonnes volontés qu'elle rencontrait autour d'elle. Elle invita donc les personnes riches ou aisées à patronner l'œuvre naissante. Les aumônes qu'elle obtint lui servirent à acquérir des matières brutes, laines, chanvre, filasse. Les tricots, toiles et tissus préparés par les pauvres eux-mêmes ou dans son ouvroir étaient en partie vendus ; une autre partie mise en loterie, et le reste converti en habillements donnés à l'entrée de l'hiver aux travailleurs.

Ainsi se formait peu à peu l'association des dames de charité pour soutenir et étendre l'entreprise principale.

Le clergé, qui doit se trouver naturellement à la tête de toutes les bonnes œuvres, s'empressa d'encourager les efforts de Mlle Fristel, et son concours ne lui fit jamais défaut.

L'autorité civile elle-même, qui alors n'était point animée de sentiments hostiles ou défiants pour une œuvre par la seule raison que cette œuvre est dirigée par des catholiques, vit avec grande satisfaction s'accroître les ressources des malheureux de la commune ; et le nom du maire figura en tête de la souscription ouverte. Bientôt même le bureau officiel de bienfaisance se trouva inutile en face des fruits abondants de la charité non officielle : il ne fut plus mention dans Paramé que du bureau des Pauvres : c'était celui qu'avait fondé et qu'organisa Mlle Fristel. Pour que le bien se fît plus efficacement et avec plus d'ordre, elle prépara, un petit règlement auquel souscrivirent volontiers les premières associées. Le bureau avait une présidente, une secrétaire, et un conseil. Chaque année, il dressait son bilan ; les membres pouvaient prendre connaissance des comptes et recommander les indigents dont ils connaissaient mieux les misères.

Mais avant tout c'était une œuvre de charité chrétienne que Marie-Amélie voulait établir et non une simple association de bienfaisance laïque : aussi, elle tenait à affirmer et à assurer pour l'avenir le caractère religieux de sa fondation. Voilà pourquoi, d'accord avec le clergé de la paroisse, elle rédigea les statuts de l'Association des Dames de la Charité, destinés à régler le fonctionnement du bureau en perfectionnant ses membres dans la pratique d'une charité vraiment chrétienne et surnaturelle. Il fallait à ces statuts l'approbation de l'autorité épiscopale : elle ne craignit pas de la demander. Elle voulait obtenir en même temps, afin d'encourager l'œuvre naissante, une indulgence pour chaque personne assistant aux réunions. Elle fit sa requête à Mgr de Lesquen, par l'intermédiaire de son saint directeur, le R. P. Loüis. Voici la lettre remplie de sages conseils, par laquelle celui-ci lui transmettait, le 25 juillet 1838, toutes les faveurs désirées.

Vive Jésus et Marie !

MA CHÈRE FILLE,

« Je vous envoie la pièce que vous désiriez et que je n'ai pu avoir aussi promptement que j'aurais voulu, parce que Monseigneur a été presque continuellement absent ; ensuite, j'ai attendu longtemps une occasion sûre. Vous allez enfin la recevoir, et ce sera pour toutes les personnes qui s'occupent avec vous du bureau de charité un puissant motif d'encouragement.

« Ce n'est pas assez de faire le bien, il faut le bien faire, c'est-à-dire le faire uniquement pour Dieu, et non pour quelque motif humain.

« Il faut prendre garde surtout que l'amour-propre ne s'y mêle, et ne vienne nous en faire perdre le mérite, ou le diminuer. Il est bien avantageux pour soi et pour le prochain de joindre l'aumône spirituelle à l'aumône corporelle : un petit mot placé à propos quand vous accordez un secours, quand vous donnez du travail ou qu'on vous en rapporte, cela fait beaucoup de bien. Aimez beaucoup le bon Dieu, aimez le prochain en Dieu et pour Dieu, et vous trouverez bien les moyens à prendre pour être utile à l'âme en même temps qu'au corps. Dites à toutes nos chères filles dans votre prochaine réunion que je ne les oublie point et que je me recommande à leurs prières.

« Et vous, ma très chère fille, je vous salue bien affectueusement dans les S. S. Cœurs de Jésus et de Marie où je désire être à toujours,

Votre très humble et tout dévoué serviteur.

Loüis. *Prêtre.*

En vertu de la pièce accordée, outre l'approbation des règlements, l'Evêque autorisait deux réunions annuelles des associées, dans l'Eglise parois-

siale de Paramé, aux fêtes de saint Vincent de Paul
et de sainte Thérèse. On disait une messe basse
à l'intention des membres, suivie de la Bénédiction
du Saint-Sacrement. Le prêtre, directeur spirituel de la société, M. l'abbé Rosty, adressait
quelques paroles d'édification, et des encouragements propres à stimuler la charité. Plus tard une
instruction spéciale fut fixée au dimanche suivant;
et un prêtre étranger était invité pour la faire.

C'est ainsi que fut fondée à Paramé l'institution
connue sous le nom de Bureau de Charité pour le
travail des pauvres.

Avec ses œuvres auxiliaires, l'ouvroir des jeunes
filles et surtout l'association des Dames de Charité ; avec ses règlements et son caractère essentiellement religieux, cette institution ne rappelle-
t-elle pas vraiment les sages procédés inaugurés par
Celui qui fut le génie organisateur de la charité au
XVII° siècle et qui demeure le patron de toutes les
œuvres charitables, saint Vincent de Paul? Une
humble servante de Dieu en avait été l'inspiratrice,
l'âme ; elle en fut la directrice pendant dix ans, et
jusqu'à la fin leur prudente conseillère.

Il est juste d'ajouter ici que Mlle Fristel fut admirablement secondée par deux personnes de dévouement, Mlle Adélaïde Gilbert et Mlle Jouanjan,
qui, après l'entrée d'Amélie à l'asile des Chênes,
furent successivement à la tête de l'œuvre, et laissaient le soin de leurs propres affaires pour vaquer

à celles des pauvres. Mlle Gilbert, dans un âge très avancé, allait encore chaque jour au bureau à un kilomètre de sa maison. C'est même en s'y rendant qu'elle fut renversée par une voiture, et mourut quelques mois après des suites de cet accident, âgée de 84 ans.

A la mort d'Amélie, le Bureau distribuait annuellement aux nécessiteux de la commune de Paramé une valeur de 6 000 fr. en moyenne, en salaires et secours en nature, et faisait pour 10 000 fr. d'affaires environ, tant en ventes qu'en achats, s'alimentant toujours des cotisations des associés, des quêtes aux fêtes patronales et du bénéfice des ventes et des loteries.

Ces chiffres n'ont-ils pas leur éloquence ? Dieu a béni l'œuvre de sa fidèle servante et récompensé les efforts de sa charité. — Aujourd'hui (1901) le bureau fonctionne toujours à Paramé, dirigé par de pieuses demoiselles, Mlles Jouanjan, nièces de l'une des premières auxiliaires de la fondatrice. —

Le zèle ardent de Marie-Amélie semblait croître avec son dévouement pour les pauvres.

Nous croyons devoir encore en citer quelques traits avant d'arriver à la fondation de l'asile des vieillards. Sa piété envers la très sainte Vierge lui inspira, à cette époque, la pensée de rallumer à Paramé la dévotion du Rosaire qui était bien refroidie. Seules, les Congréganistes récitaient le Rosaire le premier dimanche du mois, après les

Vêpres. Les autres personnes quittaient l'église, dès qu'on le commençait: trouvant les trois chapelets trop longs à dire. Pour remettre en honneur cette prière si agréable à Marie, et si riche d'indulgences, Amélie songea à la nouvelle Confrérie du Rosaire vivant que Mlle Jaricot venait de fonder.

Il s'agissait d'inscrire les noms de 15 fidèles et de leur distribuer un billet représentant chaque mystère. Ainsi, chaque personne n'aurait qu'une dizaine de chapelet à réciter par jour, et jouirait des avantages attachés au rosaire tout entier, récité de cette manière chaque jour par ces 15 personnes.

Elle réussit au-delà de ses espérances, et elle enrôla sous la bannière du Rosaire et les étendards de Marie 50 quinzaines composées d'hommes et de femmes. Les zélateurs et les zélatrices se réunissaient le 1er dimanche du mois à son bureau pour recevoir les billets des Mystères et les partager entre les associés.

Comme marque de sa piété, nous avons encore trouvé dans les papiers de Mlle Fristel les prières de la Neuvaine de grâce en l'honneur de saint François-Xavier écrites de sa main. Tous les ans, attesta sa nièce Léocadie qui lui succéda à la tête de la Congrégation sous le nom de sœur Marie-Thérèse, elle rassemblait dans son salon quelques personnes de bonne volonté pour faire avec elle cette neuvaine célébrée du 4 au 12 mars.

Là ne se bornait pas son apostolat dans le monde.
Véritable sœur de charité, elle s'était faite l'auxiliaire dévouée du clergé pour la visite des malades.
Bien des fois elle ouvrit la voie aux prêtres chez
des malheureux qui avaient abandonné depuis
longtemps toute pratique religieuse, et qui, ga-
gnés par la douceur et les paroles charitables d'A-
mélie, acceptèrent enfin le ministre de J.-C. et
reçurent pieusement les derniers sacrements.

Elle avait un talent spécial pour toucher ainsi les
esprits et les cœurs et s'en servit souvent pour
ramener à Dieu les âmes égarées. Entre autres
exemples, citons celui d'un jeune homme distingué,
parent éloigné de M¹¹ᵉ Fristel. Après de brillantes
études au Collège de Saint-Malo, il avait lu des ouvrages voltairiens pendant son cours de droit, et perdu complètement la foi. Durant ses vacances, il continuait à rendre visite à Amélie, s'amusant même
de sa crédulité et de ses sermons. Cependant
celle-ci entreprit la conversion du jeune incrédule ;
elle sut si bien le gagner par son amabilité, par
l'exemple de sa piété si vraie, et par ses bonnes
paroles, qu'elle obtint un plein succès. Le jeune
converti devint même plus tard d'une piété remarquable, et fut président à la Cour d'Angers. Ses
deux fils ont toujours affirmé vaillamment la foi
religieuse que leur père avait recouvrée sous la
bienfaisante influence de M¹¹ᵉ Fristel.

Même pouvoir, même ascendant chez Amélie,

lorsqu'il s'agissait de rétablir la paix entre des personnes divisées par quelque dissentiment. Souffrant de voir deux personnes de sa connaissance se garder rancune l'une contre l'autre et ne plus vouloir se parler, elle prit à cœur de les réconcilier. Elle se rend un soir avec sa servante pour prier à cette intention. Elle le fit avec tant de foi et de confiance qu'elle obtint la grâce demandée. A son retour, elle va trouver les deux ennemies, elle les gagne et la réconciliation fut aussitôt opérée.

On le voit, Mlle Fristel était à Paramé l'apôtre de la charité sous toutes ses formes.

Une fondation nouvelle va nous en donner encore une preuve éclatante.

CHAPITRE VI

L'asile des vieillards aux Chênes.

(1846)

Projet d'asile pour les vieillards. — Prières exaucées, action visible de la Providence. — M. Lemarié. — Son testament en faveur d'Amélie. — Contradictions et menaces de poursuites judiciaires. — Encouragements du R. P Loüis. — Inauguration de l'asile. — Premiers pensionnaires et premières auxiliaires. — Entrée définitive de Marie-Amélie à la maison des Chênes.

La charité véritable est comme un feu qui s'avive en brûlant, et cherche sans cesse un aliment nouveau pour entretenir et développer son action. Telle était la charité de Marie-Amélie Fristel. Toutes les œuvres dont nous avons déjà fait le récit, loin d'épuiser son zèle, semblaient au contraire en augmenter les ardeurs. Ayant remarqué, dans ses visites aux pauvres, que les vieillards incapables de travailler étaient souvent abandonnés, elle aurait voulu les recueillir chez elle. « Si j'avais un jardin attenant à ma maison, disait-elle à l'une de ses amies, je me chargerais d'en abriter quelques-uns ! mais ils seraient trop à

l'étroit enfermés ainsi dans ma demeure. Comme
je regrette de ne pouvoir commencer cette bonne
œuvre ! » — Dans ce même temps, une pieuse
fille de Rothéneuf, tertiaire du Sacré-Cœur, Clotilde Lepetit, vint lui faire ses adieux avant de
partir pour la Communauté de Saint-Cyr de
Rennes où elle était reçue comme tourière. Amélie
lui dit de prier à ses intentions. — Mais que faut-il
demander spécialement pour vous ? ajouta la bonne
fille. Mlle Fristel répondit en souriant : Demandez
un grand jardin afin que les vieillards à qui je
voudrais procurer un asile puissent le cultiver et
s'y promener.

C'était en 1844. — Or, deux ans plus tard,
lorsque Clotilde eut appris l'héritage important
que venait de faire Amélie à la mort d'un riche
cultivateur de Paramé dont nous allons avoir à
parler, elle lui écrivit les lignes suivantes : « Le
bon Dieu vous a accordé au delà de ma demande ;
mais je n'en suis pas étonnée, car il se montre
toujours généreux envers ceux qui, comme vous,
sont la providence des pauvres ; toutefois, je vous
avoue que j'ai sollicité ce bienfait seulement pendant le 1er mois de mon séjour à Saint-Cyr, mais
avec toute la ferveur de mon âme. J'ai même fait
une neuvaine au Sacré-Cœur de Jésus. Aussi,
j'espérais bien être exaucée. » Coïncidence merveilleuse, et dans laquelle il est difficile de ne pas
voir une intervention toute particulière de la divine

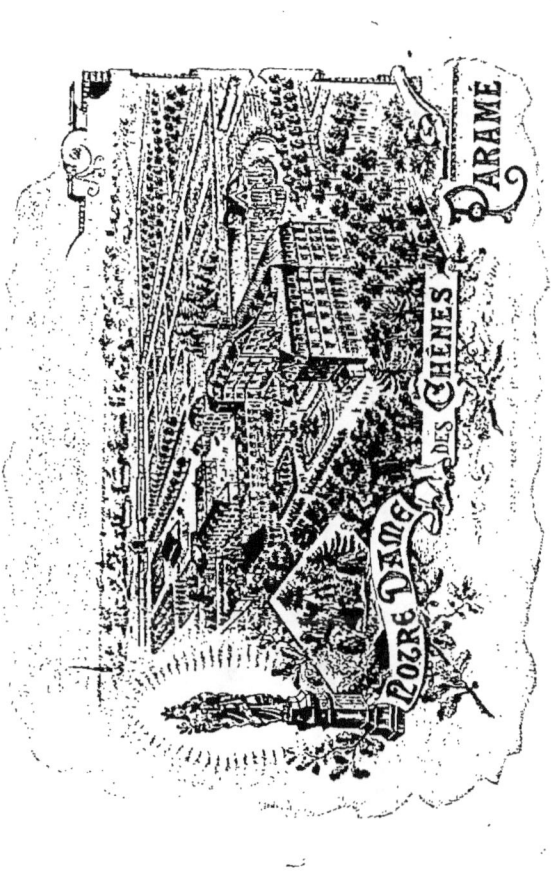

NOTRE DAME DES CHÊNES

PARAMÉ

Providence ! — M. Lemarié écrivait précisément
son testament, le 1er mai 1844, jour même de la
clôture de cette neuvaine au Sacré-Cœur. — Et si
la sainte fille avait cessé de prier, c'est qu'elle était
sans doute assurée d'avoir obtenu l'effet de sa
prière. — Ce résultat fut le testament qui devait
bientôt permettre à Amélie de réaliser son nouveau
désir de faire du bien en fondant un asile pour les
vieillards pauvres.

Il y avait à Paramé un propriétaire, cultivateur,
possesseur d'un assez vaste domaine, appelé les
Chênes, situé à la porte du bourg, bien que lui
avaient légué le travail et les épargnes de ses pères.
— Modeste dans ses goûts, conservant les simples
habitudes de la vie des champs, son seul luxe était
la bienfaisance. Il s'était fait une joie d'exercer l'hospitalité envers les malheureux. Aucun mendiant
n'essuyait un refus à sa porte. Le pain et le cidre,
offerts avec une parole affectueuse, l'abri au foyer
ou dans la grange étaient comme un droit de passage qu'il accordait à tous. Aux pauvres dont on
n'avait lieu de suspecter ni la paresse ni l'incon-
duite, ses champs était ouverts pour y travailler, ses
greniers et sa bourse pour y puiser des avances,
des secours ; et la plupart du temps des dons gra-
tuits afin de subvenir aux besoins de leurs familles.

M. Henri Lemarié, c'était le nom de cet homme
de bien, était célibataire. Ses parents collatéraux
étaient presque tous eux-mêmes dans l'aisance :

6

mais il avait vu de près la misère qui règne dans les campagnes où il n'y a à peu près aucune organisation de la charité publique ou privée.

Depuis longtemps et surtout pendant les dernières années de sa vie, atteint d'une maladie qu'il savait mortelle, il se demandait comment il serait possible d'assurer des secours permanents aux invalides, aux vieillards, à tous ceux qui tombent épuisés dans cette lutte de l'homme avec la terre, que l'on appelle l'agriculture, lutte dans laquelle, hélas ! ceux qui restent debout n'ont souvent ni le temps ni les moyens de panser les blessés. Il s'était posé le problème et travaillait à le résoudre. Il avait vu Mlle Fristel à l'œuvre de son côté. La création et la direction du bureau de charité avaient mis en relief les facultés d'organisation et d'administration que Dieu avait départies à cette pieuse demoiselle. Quant à ses vertus, il y avait longtemps que tous ceux qui la connaissaient avaient appris à les admirer et à en ressentir la douce influence. Monsieur Lemarié pensa donc que les succès qu'elle avait obtenus avec de faibles ressources étaient une garantie de l'heureuse solution à laquelle elle parviendrait, si elle disposait de moyens d'action plus étendus.

C'est pourquoi, par testament olographe du 1er mai 1844, il l'institua sa légataire universelle. Aucune condition, soit dans l'acte, soit en dehors, écrite ou verbale, n'était imposée à cette libéralité.

Le bienfaiteur avait voulu placer à côté du don l'indépendance la plus complète. D'ailleurs, n'ayant entretenu avec Mlle Fristel aucune relation habituelle de société, jamais il ne lui avait laissé soupçonner ses dernières intentions ; mais, pour les âmes inspirées par l'amour de leurs semblables, il est un centre commun où elles s'entendent, s'expliquent et se pénètrent réciproquement : ce centre, c'est le Dieu de toute charité et de toute intelligence. Mieux que toutes nos réflexions, l'éloge de ce grand chrétien, prononcé par M. Paris, vicaire de Paramé, au prône de la grand'messe le dimanche qui suivit sa mort, nous fait connaître sa vertu et sa piété. Voici en quels termes s'exprima M. Paris :

« C'est dans cette source féconde de la piété que se forment les cœurs généreux. Qu'est-ce qui inspirait cet homme juste que la mort vient d'enlever à nos regrets ? Qu'est-ce qui lui inspirait toutes ces vertus dont l'exemple n'a cessé de vous édifier pendant toute sa vie ? Qu'est-ce qui lui inspirait cette grande humilité, l'abnégation de lui-même, le désir d'être ignoré, inconnu ? Qu'est-ce qui lui inspirait ce désintéressement, ce bonheur qu'il éprouvait à rendre service, à soulager la misère ? les pauvres feraient bien mieux que moi l'éloge de sa charité ; ils connaissent mieux que moi la bonté qui les accueillait toujours ! Qu'est-ce qui lui inspirait cette réserve, cette délicatesse pour tout ce

qui touchait à la réputation d'autrui ? Il n'aurait
pas voulu se permettre une parole désobligeante
à personne. Qu'est-ce qui lui inspirait cette vertu
d'autant plus admirable qu'elle est plus outragée
de nos jours, la sainte modestie ? Quel soin, quelle
attention pour conserver fidèlement ce précieux
trésor ? Vous connaissez tous sa grande probité,
son amour pour la justice. Que de fois, dans vos
différends, ne l'avez-vous pas pris pour arbitre !
et quand il avait prononcé, qui de vous aurait osé
seulement récuser son témoignage ? Qu'est-ce qui
lui inspirait toutes ces merveilles ? si ce n'est la
piété, l'amour de Dieu et la crainte de lui déplaire !
Aussi, mes frères, nous avons perdu un juste, un
ami, un bienfaiteur ; mais le tombeau qui s'est
refermé sur sa dépouille nous a laissé la consolation
de penser que nous avions dans le ciel un protecteur, et déjà plusieurs d'entre vous l'ont invoqué
comme un saint. »

A la mort de M. Lemarié, arrivée le 25 juin
1846, lorsque son testament fut ouvert, la fortune
qui tombait inopinément sur la tête de Mlle Fristel
la frappa comme la soudaineté d'une explosion ;
mais ce fut une de ces explosions qui illuminent
les cœurs forts, en éclairant tout à coup une voie
nouvelle ouverte devant eux ; elle comprit qu'elle
devait se considérer non comme propriétaire, mais
comme dépositaire du talent que le divin Père de
famille lui confiait pour le faire fructifier au profit
des pauvres.

En conséquence, son premier souci fut de leur en assurer à l'instant la propriété par un testament qu'elle écrivit dès le jour même, dans la crainte d'être prévenue par la mort, avant même de déterminer l'usage de cette portion de leur patrimoine. Puis elle songea à l'hospice champêtre qu'elle avait si souvent rêvé pour les vieux ouvriers de la campagne. Dans ce qu'elle prenait d'abord pour des songes de charité, elle se voyait maîtresse d'une propriété rurale, elle y bâtissait des logements, elle y recevait les pauvres ; les infirmes venaient réchauffer, au soleil du jardin, leurs membres fatigués, tandis que les moins invalides faisaient quelque travail utile encore dans les champs d'alentour. Les habitudes de leur existence n'étaient pas changées, mais améliorées ; tous soignés, consolés, à l'abri des sollicitudes du besoin, consacraient leurs derniers jours à se préparer en paix à une fin chrétienne.

Quel esprit ne bâtit des châteaux en Espagne ? C'étaient là ceux de la bonne demoiselle Fristel ; ou plutôt ce n'étaient plus des rêves ou des simples pressentiments inspirés par la Providence, c'était désormais une réalité, grâce à l'héritage inattendu vraiment envoyé du ciel.

Cependant, Mlle Fristel ne se dissimulait aucune des difficultés de la tâche qu'elle allait assumer ; elle craignait le mécontentement de la famille Lemarié, peut-être des discussions judiciaires ou administratives, la jalousie des uns, les critiques des autres. Pourquoi, disait-on déjà, M. Lemarié avait-il choisi Mlle Fristel pour son héritière ? S'il voulait employer sa fortune en bonnes œuvres, n'existait-il pas des établissements tout formés qu'il eût dû charger du soin de perpétuer ses bienfaits ? Et puis, ajoutaient d'autres, Mlle Fristel n'était certes qu'une personne interposée entre le testateur et on ne savait quel bénéficiaire inconnu. Cette dernière rumeur blessait sa délicatesse : c'était comme une atteinte portée à sa loyauté et à sa liberté. Par dessus tout, l'humble défiance de ses propres forces lui inspirait des inquiétudes sur la gestion dont elle serait chargée. L'œuvre qu'elle méditait lui apparaissait sous des formes encore vagues et indéterminées.

Pendant que ce trouble agitait sa pensée, et qu'elle allait par le chemin, rêvant à son embarras, un prêtre passa près d'elle, tenant son chapelet à la main : « C'est pour vous que je prie, » lui dit-il. Cette simple parole lui parut comme une consolation et un encouragement envoyés par Dieu, dans un instant où l'avenir se présentait à elle sous des couleurs si sombres que facilement elle se fût affaissée sous le fardeau, se croyant abandonnée de tous. Elle n'avait pas manqué non plus de faire part à son vénéré directeur et supérieur, le R. P. Loüis, de l'héritage qui lui était survenu et de ses intentions pour l'emploi de ce don. Le bon Père approuva son dessein.

Mais le signe de la contradiction, prophétisé par le saint vieillard Siméon sur Jésus enfant, accompagne ordinairement la naissance de toute œuvre chrétienne. Mlle Fristel savait qu'elle n'échapperait pas à cette loi. Sans se laisser abattre désormais, assurée qu'elle était de suivre la volonté divine, fortifiée par la patience, inspirée par la sagesse que Dieu répandait en son esprit, elle se prémunit contre les premières difficultés de la lutte, avec prudence et sagacité. M. Lemarié avait choisi deux amis, MM. Jouanjan et Gilbert, pour veiller à l'exécution de son testament ; à ces conseillers, Amélie s'en joignit d'autres : M. Georges, recteur de Paramé, M. Hamelin, recteur de Saint-Ydeuc, M. Harembert, maire de la commune, M. Victor Bassinot-Pomphily juge à Saint-Malo, et M. Pierre Renault, l'un des parents du défunt, et forma ainsi comme une sorte de comité consultatif sous l'égide duquel se placèrent les débuts de l'établissement.

Cependant les familles voient ordinairement avec regret les biens que la loi leur défère passer à des étrangers. La fortune léguée, disséminée entre les nombreux héritiers eût donné à tous un bien faible émolument. Mais parmi ceux qui étaient moins à l'aise il fut bientôt question de procès contre le testament, tout inattaquable qu'il parût. La conscience de M. Lemarié ne s'était point alarmée en les privant de quelques ressources : il savait qu'ils ne

seraient point abandonnés par la reconnaissance de
sa légataire.

Toutefois, des conciliabules furent tenus, des
consultations furent prises ; un habile avocat devait
plaider contre le testament. Mais une partie des
héritiers eut la générosité d'approuver hautement
la volonté du défunt ; quelques-uns mêmes
appuyèrent de leur concours actif l'œuvre naissante. Le nuage se dissipa, et bientôt les moins
aisés de la famille eurent à s'applaudir de la destination donnée à ses biens par leur cousin : car ils
trouvèrent dans la maison de Mlle Fristel l'asile et
l'existence paisible que ne leur aurait pas assurés
leur mince portion d'héritage.

Au milieu de toutes ces difficultés, Amélie avait
écrit au père Loüis pour lui faire part de ses ennuis
et de ses craintes, et se recommander à ses prières
et saints sacrifices. Voici la réponse que lui envoya
le saint supérieur, le 3 septembre 1846.

Vive Jésus et Marie !

MA TRÈS CHÈRE FILLE,

« Je pense bien souvent à vous ; ayez bon courage et ne vous déconcertez pas au milieu des
peines qui vous arrivent. Le bien ne se fait pas
sans difficultés : c'est le cachet des œuvres de Dieu.
Courage donc, ma fille, patience et paix ! Ce soir,
je vais vous recommander aux prières de nos

confrères. et demain à la communauté de Saint-Cyr. Si vous avez reçu, comme je pense, l'envoi en possession, mon avis est que vous agissiez comme propriétaire, que vous alliez demeurer dans la maison, si c'est votre intention de l'habiter, ou que vous l'affermiez, sans vous inquiéter de ce que la famille pourra dire ou entreprendre. Si elle vous attaque, elle succombera. pourvu que vous soyez discrète et que votre affaire soit conduite avec prudence.

Mettez en Dieu et en la protection de Marie toute votre confiance ; ils ne vous abandonneront point. Dites-leur que c'est leur affaire, leur intérêt, puisque c'est celui des pauvres et qu'il y va de leur honneur. Remettez tout dans les Cœurs de Jésus et de Marie, où je vous prie, ma très chère fille, de me croire pour toujours,

Votre bien dévoué serviteur.

Loüis, *prêtre.*

Fidèle à ses conseils, Amélie n'hésita plus et s'empressa de préparer quelques appartements dans le local dont elle pouvait disposer. car une partie de l'habitation était louée au fermier qui devait faire valoir les terres. Avec l'argent qu'elle quêta auprès des personnes amies et charitables, elle put installer six lits pour les vieilles femmes, et six pour les hommes. Elle se hâtait, car elle voulait ouvrir l'asile au jour de Noël de la même année 1846.

Les pauvres ne pouvaient lui manquer. Il y en aura toujours parmi nous, suivant la parole de l'Evangile. Il lui restait à trouver des compagnes capables de l'assister dans l'œuvre entreprise. Elle s'en rapporta, pour cela comme pour le reste, à celui qui lui avait tracé sa voie.

Nous verrons que le Seigneur ne l'abandonna point.

Ce fut le jour de Noël 1846 que Mlle Fristel inaugura l'asile des vieillards, au jour anniversaire de la naissance du Sauveur dans l'humble grotte de Bethléem, où furent admis d'abord les pauvres bergers de la contrée pour rendre leurs devoirs au divin Libérateur, au Céleste ami des petits et des faibles.

Elle voulut faire un modeste dîner d'installation auquel elle invita MM. Jouanjan, et Gilbert, les deux exécuteurs testamentaires du fondateur M. Lemarié, avec son amie Mlle Adélaïde Gilbert qui l'avait secondée dans ses bonnes œuvres, spécialement dans le bureau de charité où bientôt elle la remplacera comme directrice, et sa nièce, Mlle Léocadie Fristel, qui plus tard lui succédera comme supérieure de l'asile. La Providence se chargea immédiatement d'envoyer des pensionnaires au nouvel hospice.

Ne connaissant pas d'une manière précise les intentions de la bonne demoiselle, aucun vieillard n'avait encore osé solliciter l'entrée à l'hospice en projet. Et voici que pendant le repas même de l'installation, on frappe à la porte.

C'est un aubergiste voisin qui vient annoncer qu'un pauvre homme se meurt d'une maladie de poitrine dans un grenier de son hôtellerie où il s'est réfugié. Il se dit, ajoute-t-il, abandonné de Dieu et des hommes et ne veut point entendre parler de prêtre.

Ce n'était pas un vieillard, il n'avait que 42 ans ; mais Mlle Fristel reconnaît aussitôt dans cet événement la voix de Dieu ; elle fait apporter le moribond qui devint ainsi le premier hôte de son nouvel asile.

En même temps, sa première auxiliaire, comme servante des pauvres recueillis, était reçue pour soigner le malade. C'était une pieuse fille du Sacré-Cœur, Marie Hesry, qui avait plus d'une fois manifesté l'intention de se faire religieuse. Elle était même acceptée pour entrer un jour dans la Communauté de la Sagesse à Saint-Laurent, près Rennes ; et, par un pressentiment mystérieux, Mlle Fristel l'avait retenue jusque-là, lui disant, par forme de plaisanterie, que, lorsqu'elle fonderait une communauté, elle la choisirait pour première novice. La jeune fille vint lui rappeler sa promesse, et elle arriva juste à temps pour commencer le service des pauvres dans la maison qui s'ouvre.

Le lendemain, une bonne femme de Rothéneuf, âgée de 75 ans, Guillemette Huet, est reçue dans l'asile, et aide la première sœur à soigner et veiller le malade qui se voyant l'objet de tant d'attentions charitables, se convertit, reçut les derniers sacrements et mourut le 19 janvier dans des sentiments de piété forts édifiants.

L'élan était donné : à la fin de ce mois de janvier, 12 vieillards, 6 hommes et 6 femmes étaient déjà réunis dans la demeure hospitalière. Dès le commencement, Amélie pensait à adjoindre à Marie Hesry une compagne capable de diriger la maison en son absence, ne pouvant y entrer présentement d'une manière définitive. La Providence vint encore les servir à souhait. La sainte fondatrice avait eu recours à la prière, et commencé une neuvaine au Sacré-Cœur avec une confiance qui ne pouvait manquer d'être exaucée. Un matin, elle avait entendu la Sainte Messe et communié à cette intention. A la sortie de l'Eglise, il lui semblait que sa demande était agréée de Dieu lorsqu'en effet elle s'entend appeler, elle se détourne et voit M. Gauchet qui vient à elle et lui dit sans autre préambule : Vous savez, Mlle, que ma fille aînée était partie en communauté depuis quelques mois. J'en ai ressenti un chagrin mortel : je ne pouvais vivre sans elle. Je suis allé hier la chercher à Rennes, et je vous la propose pour vous aider dans votre asile. Ainsi elle ne sera pas éloignée de moi, et pour qu'elle ne soit pas à vos charges, je vous paierai sa pension tous les trimestres. — Mademoiselle Fristel reçut comme de la main de Dieu cette jeune fille qui lui fut amenée par son père le 1er janvier 1847.

Julie Gauchet prit goût à l'œuvre naissante, et s'y donna tout entière avec un admirable dévouement. Elle n'avait que 24 ans, et mourut à 52 ans après avoir rendu dans différentes obédiences de grands services à la communauté dont elle fut 3 fois élue première assistante.

Aux deux premières sœurs se joignirent, durant le mois de février, Mlle Anne Jouanjan et Adèle Dumesnil, la domestique de la famille Fristel.

Cependant, Amélie était obligée de continuer l'administration du Bureau de charité de Paramé jusqu'à ce qu'une autre directrice vînt la remplacer. Elle l'avait fondé avec quelques centimes ; elle le laissait à la tête d'un capital de huit à dix mille francs en argent et marchandises. Forcée de rester pendant une grande partie de la journée au siège du Bureau, elle se reposait sur ses nouvelles auxiliaires du soin des vieillards de l'hospice. Mais elle ne passait guère de jour sans venir visiter ses chers vieillards ainsi que ses bonnes filles qui avaient grand besoin d'encouragement dans la situation précaire où elles se trouvaient au début de la fondation. Enfin, libre de tout autre engagement, elle put, après 4 mois, se renfermer complètement dans la maison hospitalière et vint habiter la chambre même du bienfaiteur défunt, M. Lemarié,

C'est maintenant une vie nouvelle que Marie Amélie va commencer : la vie de Communauté au service des pauvres de J.-C. Elle était âgée de 49 ans ; son apostolat dans le monde où elle a vécu en véritable sœur de charité fut une longue préparation à la vie plus retirée qu'elle mènera désormais dans son cher asile. C'est là qu'il nous faut la suivre ne pensant d'abord qu'à sa chère œuvre hospitalière, en même temps docile aux mystérieuses influences des événements et aux secrets desseins de la providence posant à son insu les bases de l'œuvre qui sera le couronnement de son existence et qui perpétue, avec son esprit de simplicité et de charité, le bien qu'elle-même avait déjà accompli : la fondation de la Congrégation des saints Cœurs de Jésus et de Marie.

FIN DE LA PREMIÈRE PARTIE.

DEUXIÈME PARTIE

SŒUR MARIE-AMÉLIE EN COMMUNAUTÉ

MONSIEUR L'ABBÉ P. ROSTY

Vicaire à Paramé en 1829. — Recteur de Saint-Briac en 1848
Décédé en 1864.

DEUXIÈME PARTIE

SŒUR MARIE-AMÉLIE EN COMMUNAUTÉ

CHAPITRE I

Premiers règlements et débuts
de l'œuvre hospitalière

(1847)

Patrons de l'asile de Notre-Dame des Chênes. — Règlements pour les sœurs et les vieillards. — Visible intervention de la Providence. — Oratoire. — Service pour
M. Henri Lemarié. — Départ de M. l'abbé Rosty. — Attentions de Marie-Amélie pour les vieillards. — Nouvelles
recrues. — Entrée à l'asile de Léocadie Fristel, nièce de la
supérieure.

Ce fut le premier jour de mai 1847 que Marie-
Amélie entra définitivement à l'asile des Chênes.
Elle inaugurait donc sa vie de communauté sous
les auspices de sa Mère du ciel, au premier jour du
mois consacré à la Très Sainte Vierge. Il semblait
que celle qui est appelée par l'Eglise consolatrice
des affligés, salut des infirmes, voulût prendre
l'œuvre naissante sous son aimable et puissante
protection. Aussi la maison nommée jusqu'alors

7

les *Chênes* sera-t-elle désormais l'asile de Notre-Dame des Chênes. Et plus tard, lorsque les pieuses filles qui le desservent seront réunies en congrégation religieuse, le vocable des saints Cœurs de Jésus et de Marie deviendra le nom et comme la raison sociale de leur institut.

La famille des vieillards fut placée sous le patronage de la famille du ciel : avec Jésus, avec Marie. Mlle Fristel choisit pour intercesseurs auprès du Père céleste saint Joseph et sainte Anne. C'était à eux qu'elle s'adressait dans tous ses besoins : elle aimait à leur rapporter les bienfaits et les grâces qu'elle recevait de la Providence.

Avant même d'être installée aux Chênes, Mlle Fristel, sur la demande des filles dévouées qui l'appelaient déjà leur supérieure, avait distribué les emplois dans l'hospice, désigné Mlle Jouanjan comme infirmière des hommes; Mlle Gauchet comme infirmière des femmes ; Adèle Dumesnil fut chargée de la cuisine et Marie Hesry, de la basse cour.

En même temps, elle leur prépara un petit réglement tiré en partie de celui du Tiers-Ordre des filles du Sacré-Cœur composé par le Vénérable Père Eudes lui-même, auquel elle ajouta quelques articles en rapport avec les occupations de la nouvelle Communauté. Elle voulut le rédiger pendant la retraite du Rocher en Saint-Servan à laquelle elle assista avant de s'enfermer à l'asile des Chênes. Cette retraite était présidée par le supérieur des Eudistes, le Père Loüis. Elle prit les avis de cet excellent directeur pour la rédaction de ce règlement, puis le soumit encore à l'approbation de son confesseur de Paramé, M. l'abbé Rosty, afin de bien s'assurer que tout était conforme à la volonté de Dieu manifestée par ses ministres. Le brouillon qu'elle en fit se trouve encore dans quelques pages détachées de son portefeuille, et conservées précieusement par sa nièce Léocadie.

Nous ne pouvons résister au plaisir de transcrire ici ces lignes empreintes de tant de simplicité, de prudence, de piété et de charité.

Aimons-nous comme Jésus-Christ nous a aimées ! A 5 heures le réveil depuis Pâques à la Toussaint ; depuis la Toussaint à Pâques, réveil à 5 h. 1/2. Méditation d'une demi-heure. Entendre la Sainte-Messe et garder le silence jusqu'à 10 heures, en ne parlant qu'à voix basse et dans la nécessité, à moins qu'il ne soit à propos d'en user autrement dans les rapports que nous aurons avec le prochain.

A 11 heures, réciter les litanies du Sacré-Cœur de Jésus, suivies de l'examen particulier pendant environ 5 minutes. A 11 h. 1/2, le service des pauvres en silence. Vers midi, le diner. Observer le silence au commencement suivi de conversations utiles pour nos emplois.

Récréation ensuite. — A 2 h. moins un 1/4, une lecture spirituelle. A 4 heures, le silence jusqu'à 5 heures. Dans cette heure, on en prendra la moitié pour faire oraison.

A 6 heures, silence pendant le service des pauvres.

A 7 heures, le souper. A 8 1/2, le silence. Se réunir à la chapelle pour réciter ensemble les litanies de la Providence, celles du Cœur de Marie, la prière du Père Eudes; celles du réglement etlire les points de la méditation du lendemain, examen de la journée durant 5 minutes. Se coucher en silence.

A 8 heures, le matin, la prière pour les pauvres suivie du déjeuner, et ensuite leur faire dire le chapelet des âmes du Purgatoire, les litanies de la Providence et lire du Catéchisme.

A 5 heures moins un 1/4, on récitera avec les pauvres le chapelet, puis on leur fera une lecture instructive, ensuite la prière du soir. Chacun des exercices des pauvres et leur repas seront sonnés de 15 coups de cloche ; les exercices des sœurs et leurs repas, de 5 coups de cloche en l'honneur des cinq plaies de Notre-Seigneur.

PRATIQUES OBSERVÉES DANS LA MAISON

Abstinence de viande le mercredi.

Le Vendredi, silence jusqu'à midi. Après la lecture spirituelle, s'humilier devant les sœurs en se reprochant les moindres manquements à l'observation du silence, soit d'avoir élevé un peu la voix, soit d'avoir dit quelques paroles sans nécessité ; ensuite rendre compte en particulier comment on aura rempli son réglement et la règle établie dans la maison.

1. Examinons souvent si nous n'avons rien à nous reprocher dans les rapports de charité extérieure que nous aurons avec nos sœurs et dans ceux que nous aurons avec les pauvres dont nous sommes les servantes, nous rappelant souvent que le moindre service rendu à nos frères en Jésus-Christ et pour Jésus-Christ, il se le tiendra comme fait à lui-même. Voilà le point sur lequel chacune de nous doit insister scrupuleusement parce qu'il est essentiel pour remplir les devoirs de notre vocation.

2. Rappelons-nous tous les jours que la différence des caractères de chacune de nos sœurs est une croix que nous devons porter avec patience et douceur pour plaire à notre divin Sauveur.

Ne faisons qu'un cœur et qu'une âme. Supportons-nous avec charité et amour ; aidons-nous par la correction fraternelle en toute simplicité et humilité. Aimons les pauvres ; respectons-les ; consolons-les dans leurs afflictions, leurs infirmités et leurs maladies. Ne nous plaignons pas et ne nous vantons point des services dégoûtants que nous avons l'honneur de leur rendre. Voyons toujours en eux Jésus-Christ même en personne ; de là, envers eux bonté, douceur, charité, support de leur humeur et de leurs défauts.

Allons peu dans le monde, parlons peu de nos bonnes œuvres de peur que le vent de nos paroles n'enlève le mérite des bonnes actions que nous avons faites. Attendons la récompense de celui à qui rien n'est caché. Soyons humbles, soyons mortifiées dans nos paroles. Ne soyons point curieuses d'apprendre ce qu'il nous importe peu de savoir. Mourons tous les jours à nous-mêmes en pensant que la vie n'est qu'un passage pour aller à l'éternité ; pensons souvent que nous ne sommes rien, qu'en peu de temps on ne saura pas même que nous aurons existé, car tout ce qui passe n'est rien, comme l'expérience nous le fait voir.

Que la reine des vertus, la *Charité*, soit notre appui ; qu'elle soit dans toutes nos actions, qu'elle soit notre bouclier, notre sainte garde contre toutes les puissances de l'enfer. »

À ce règlement, et à ces touchantes considérations auxquels nous n'avons pas voulu changer un mot, la pieuse fondatrice ajouta quelques règles sages concernant les vieillards.

Toutes les sœurs s'appliquèrent avec zèle et docilité, sous la direction de leur supérieure, à l'observation de ces règles qu'elles regardaient comme l'expression de la volonté divine.

Leur ferveur les fit supporter joyeusement les privations de toutes sortes qu'elles eurent à subir dans les pénibles débuts de l'œuvre.

Pour toutes provisions, il n'y avait que quelques boisseaux de blé noir dont on faisait chaque jour de la galette pour les pauvres et les sœurs.

Ce dur régime valait bien les austères mortifications des cloîtres : mais le bon Dieu ne permit pas qu'il compromît la santé de ses fidèles servantes, quoique deux d'entre elles eussent été précédemment obligées de quitter une autre communauté à cause de la faiblesse de leur tempérament. L'aimable Providence ne pouvait abandonner celles qui s'étaient remises complètement entre ses mains toutes maternelles.

La multiplication des ressources s'opéra même, non plus par un miracle instantané et éclatant comme la multiplication des pains au désert, mais discrètement et lentement, sous la bénédiction de celui qui dispose toutes choses pour le bien de ses élus. La petite quantité de blé où l'on puisait chaque jour, dura jusqu'à la récolte suivante : il en fut ainsi de deux barriques de cidre dont l'une était à moitié vide à l'ouverture de l'asile et qui fournirent de la boisson jusqu'à la fin de septembre. La confiance en Dieu de la pieuse fondatrice et son recours à ses puissants patrons, saint Joseph et sainte Anne, attiraient sans doute de tels prodiges sur la maison hospitalière placée sous leur protection. Aussi dès le début de l'œuvre, Mlle Fristel faisait-elle chaque jour réciter dans les salles des vieillards les litanies de la Providence, et elle mit cette récitation quotidienne dans le règlement des sœurs. Et le Seigneur, montrait d'une manière sensible qu'il accomplissait ces faits extraordinaires en faveur de sa chère fille Amélie.

On avait donné à celle-ci un gâteau pour la fête des Rois. Après avoir fait le signe de la croix sur ce gâteau, elle commence à le partager, en disant que les pauvres devaient être servis les premiers. Deux sœurs présentes observent qu'il faut faire les morceaux de moitié plus petits, si elle veut que tout le monde ait sa part. Amélie ne répond rien, augmente encore les portions, et il y eut de quoi en distribuer à tous. Et cette multiplication du gâteau des Rois se renouvelait chaque année. On n'y faisait plus attention, lorsqu'un jour, la supérieure, étant occupée, chargea une sœur de faire le partage et la distribution. Celle-ci coupa les morceaux plus petits que d'habitude, et cependant, les sœurs et 3 vieillards en furent privés.

L'humble supérieure, en l'apprenant, prétendit que le gâteau était de moindre grandeur ; mais ses filles étaient assurées du contraire ; et leur vénération augmentait encore pour cette bonne Mère, objet des attentions délicates de la divine providence.

— Nous retrouverons encore dans la vie de la pieuse fondatrice plusieurs faits semblables dont il est difficile de contester le caractère miraculeux.

L'asile était fondé ; le nombre des vieillards et de leurs servantes dévouées allait bientôt augmenter. La supérieure de la maison était définitivement installée à l'asile Notre-Dame-des-Chênes, et le règlement préparé par ses soins, approuvé par des directeurs éclairés, était fidèlement observé.

Marie-Amélie ne néglige rien pour affermir et perfectionner son établissement.

D'abord elle pense à ériger un oratoire afin d'y réunir ses compagnes et les vieillards pour les prières quotidiennes, et d'y faire célébrer la Sainte Messe de temps en temps, quoiqu'elle ne pût encore avoir de chapelain. Pour avoir les objets indispensable au culte, elle compte sur la Providence qui ne lui fit pas défaut.

M. Georges, recteur de Paramé depuis 60 ans, heureux de voir avant de mourir une si belle œuvre s'établir dans sa paroisse, fournit un petit autel placé avant la révolution dans la chapelle du Pont-Pinel, ancienne propriété de Mme des Bas-Sablons, noble et généreuse femme qui périt dans la tourmente, victime de son dévouement, mise à mort pour avoir caché dans son château un prêtre catholique.

L'autel fut installé, le 24 juin 1847, dans le salon où le pieux M. Henri Lemarié avait rendu le dernier soupir l'année précédente, et bénit par l'archiprêtre de Saint-Malo, M. Huchet, qui érigea en même temps un chemin de croix, dans l'oratoire improvisé. Le lendemain, 25 juin, jour anniversaire de la mort de M. Lemarié, le sacrifice de la messe y fut célébré pour la première fois à l'intention du donateur par M. l'abbé Paris, un des vicaires de Paramé, qui devait se retirer plus tard aux Chênes et devenir le premier aumônier de la nouvelle Communauté.

Monsieur l'abbé Rosty, directeur d'Amélie, avait fournit l'ornement ; l'aube était un cadeau d'une amie de Mlle Fristel.

Le même jour, Amélie fit célébrer un service dans l'église de la paroisse pour le repos de l'âme du généreux bienfaiteur ; elle y avait invité tous les parents de M. Lemarié. Nous avons vu que plusieurs d'entre eux étaient décidés à attaquer le testament : ils avaient même déposé une somme pour commencer les procédures. Heureuse de trouver une si belle occasion de rendre le bien pour le mal, elle les pria tous de venir dîner aux Chênes. Ils étaient au nombre de 17, et acceptèrent cette invitation qui ne manqua pas de les surprendre.

Reçus cordialement et traités comme des bienfaiteurs par la fondatrice, ils furent conduits par elle après le repas dans les deux salles des vieillards hommes et femmes. Émerveillés par tout ce qu'ils voyaient, et charmés par la bonté et l'amabilité de celle qui leur avait été dépeinte sous les couleurs les plus sombres, ils furent désarmés, félicitèrent Mlle Fristel d'avoir fait un si noble emploi de l'héritage de leur parent, et sollicitèrent l'admission d'un infirme de Saint-Benoît auquel ils s'intéressaient et qui fut immédiatement accepté. De ce côté, la bonne supérieure n'eut plus rien à craindre.

Le principal appui d'Amélie dans toutes ses démarches était son directeur, M. Rosty, qui longtemps aussi avait dirigé M. Lemarié, et que l'on sup-

posait à bon droit le véritable inspirateur du testament fait en faveur de cette mère des pauvres. Ce
saint prêtre voulut bien se charger de former à la
vie religieuse les premières compagnes d'Amélie.
Malgré son ministère écrasant, ayant à lui seul 1200
pénitents, il venait tous les vendredis à 2 heures
pour les confesser et leur adresser une instruction
sur les vertus de leur sainte vocation. Il continua
ainsi pendant plus d'un an jusqu'à sa nomination
à la Cure de Saint-Briac en 1848. L'esprit de Dieu
dont il était rempli lui montrait dans le faible
arbuste qu'il cultivait un grand arbre futur pour le
jardin de l'Eglise ; aussi s'appliquait-il avec ardeur
à l'arroser de la parole divine. Ces eaux salutaires,
tombant sur une terre bien préparée, produisaient
les plus heureux effets ; et voici que soudain arrive
la nouvelle du changement de M. Rosty.

Ce fut une véritable épreuve pour la communauté naissante.. Que de regrets il y laissa ainsi
que dans toute la paroisse où il était l'âme de toutes
les bonnes œuvres ! Le premier il donnait l'exemple
de la charité la plus généreuse, allant, nouveau
saint Martin, jusqu'à se dépouiller de ses vêtements
pour les donner aux pauvres le long du chemin. Un
soir, il rentra chez lui les pieds nus ; un malheureux
avait ses bas. Dans ces occasions, il ne manquait
pas d'être grondé par sa servante, mais il demeurait incorrigible. Aussi quand il lui fallut songer à
s'installer dans son nouveau poste, il était dépour-

vu de tout. La mère Amélie fut alors sa bonne Providence : elle se fit quêteuse pour le regretté Père de son âme.

Avant son départ, M. l'abbé Rosty voulut une dernière fois, dans sa visite d'adieux, adresser la parole à ses chères sœurs de Notre-Dame des Chênes. Il leur prêcha la résignation, en les assurant que Dieu ne les abandonnerait point, et qu'il valait mieux n'avoir aucun appui humain, parce qu'on recourait alors à Dieu avec plus de ferveur et de confiance. Si votre œuvre est de Dieu, ajoute-t-il, comme je n'en doute point, il ne manquera pas de la protéger, et de la faire prospérer. Enfin, il leur promet que chaque jour il recommandera leur petite communauté au Sacré-Cœur de Jésus, qui les gardera et les multipliera, si elles prennent pour fondements de leur société l'humilité et la charité de ce divin Cœur, et toutes s'agenouillèrent pour recevoir une dernière fois la bénédiction de leur père. Les avis suprêmes du saint prêtre restèrent gravés dans la mémoire et surtout dans le cœur de toutes les pieuses filles qui perdaient leur père spirituel ; ils les firent redoubler de foi dans la divine Providence, et de fait, malgré des contradictions et des persécution de tous genres, l'œuvre ne fit que grandir.

Le nouveau pasteur de Paramé, M. Hénon, recteur de Saint-Briac, qui venait succéder au vieux M. Georges, âgé de 97 ans, dans la mort avait été l'occasion du changement de M. Rosty, témoigna lui aussi une grande bienveillance pour l'asile des vieillards qu'il s'empressa de visiter à son arrivée ; cependant, quoique plus éloquent en chaire, il ne put faire oublier ni aux Chênes, ni dans la paroisse, le bon et saint abbé Rosty, de vénérée mémoire.

Mais les précieuses leçons de M. Rosty demeuraient toujours présentes à l'esprit des sœurs qui n'avaient du reste qu'à jeter les yeux sur leur supérieure pour les voir mises en pratique avec une admirable perfection.

Les conseils de la mère Amélie respiraient la même simplicité, la même humilité, la même abnégation dans l'exercice de la plus aimable charité, toutes vertus qu'elle possédait à un très haut degré et dont elle voulait faire le caractère propre de sa famille religieuse.

Nous ne devons pas, disait-elle souvent, nous regarder comme les maîtresses des pauvres, mais plutôt comme leurs servantes, et nous devons désirer d'être considérées comme telles. Respectons-les, honorons-les comme les représentants de Notre-Seigneur. Une sœur observant à ce sujet que si on ne les reprenait pas, on perdrait l'autorité sur eux, et qu'il fallait se faire craindre pour se faire obéir, Amélie répondit : je ne vous dis point de ne pas les reprendre ; il est même nécessaire qu'ils le soient ; mais vous devez agir comme le gouverneur d'un prince chargé par le roi son père de faire son éducation. Il ne doit lui passer aucun défaut essentiel, autrement il ne remplirait pas son mandat, et encourrait des reproches mérités ; mais cela ne l'empêche pas d'agir avec un grand respect envers ce jeune prince, et d'être plein d'égards pour sa personne. De même pour nous, ce sont les représentants du Roi des rois qui nous sont confiés. Tout en les reprenant, il faut le faire d'une manière si digne, si douce que nos réprimandes ne puissent ni les blesser, ni les humilier, ni les indisposer contre nous.

Qu'ils voient bien que l'intérêt seul de leurs chères âmes nous guide dans notre conduite à leur égard. Quelle délicatesse, quel esprit de foi, et quelle tendresse surnaturelle dans ces recommandations de la digne supérieure ! Il s'en dégage un vrai parfum évangélique.

Aux paroles, elle joignait l'exemple. Voyez-la au milieu des bonnes gens : on sent que c'est une mère au milieu de ses enfants. Elle leur parle, elle les reprend avec amour : aussi tous l'aiment et la vénèrent. Elle ne passait pas un jour sans les visiter longuement : quand la faiblesse l'empêche de se tenir longtemps debout, elle s'assied auprès d'eux, entre les lits de ceux qui étaient couchés, et leur adresse de si douces paroles qu'ils attendaient avec impatience l'heure de la visite de la bonne mère.

De quelles attentions elle les entourait ! Elle ne laissait point passer leur fête, sans faire servir une petite régalade, comme elle disait en son naïf langage. Elle s'était étudiée à connaître les goûts de chacun, et dans la distribution des portions qu'elle faisait elle-même chaque jour à la cuisine, elle disait aux sœurs servantes. — Voici pour un tel, voilà pour tel autre : et tous étaient servis à leur gré. De temps en temps, elle aimait à leur donner ce qu'elle appelait un petit festin ; à Noël, jour anniversaire de l'ouverture de l'asile, aux grandes fêtes de l'année, à la Saint-Henri, en souvenir du fondateur, à la Sainte-Amélie, ainsi qu'aux cérémonies de vêture et de profession, lorsque la congrégation fut instituée. Car la mère voulait que ses enfants, les pauvres, prissent part à la joie commune ; et dans toutes ces circonstances, ils étaient servis les premiers par la supérieure elle-même lorsqu'elle n'en était pas empêchée. La veille du premier jour de l'an, elle et ses compagnes prévenaient les vieillards en allant dans les salles leur offrir les vœux de bonne année. Elle donnait une poignée de main aux hommes, embrassait les femmes, et tous la comblaient de mille bénédictions. La maison ne formait plus qu'une famille sous le regard de Dieu.

De nouveaux sujets ne tardent pas à se présenter pour agrandir cette heureuse famille, Amélie en fit part au P. Loüis qu'elle regardait toujours comme son supérieur et qu'elle mettait au courant de tout ce qui se passait à l'asile. Le 19 décembre 1847, elle en reçut la lettre suivante qui témoigne

une fois de plus de l'intérêt que le Supérieur Général des Eudistes ne cessait de porter à la Communauté des Chênes dont il avait déjà approuvé le
règlement dans les retraites des Filles du Sacré-
Cœur à Saint-Servan.

«Ma chère fille, je suis charmé de la bonne occasion qui me procure le plaisir de recevoir de vos
nouvelles. Je suis bien aise qu'il se présente plusieurs sujets : c'est un grand bien que vous ayez de
quoi choisir. Recevez difficilement, et ne prenez que
des sujets qui puissent vous être utiles pour votre
œuvre, des personnes dociles et d'un bon caractère,
d'une bonne santé. Quant aux pauvres, prenez
garde d'en recevoir plus que vous ne pouvez en
nourrir. Je vous souhaite à toutes, mes chères filles,
une heureuse année, une année de progrès dans les
vertus religieuses, car il faut que vous deveniez de
véritables religieuses, non par les vœux, mais par
l'esprit de sacrifice, d'abnégation entière de votre
volonté et de tout vous-même : c'est ainsi que vous
serez de dignes servantes des pauvres, et que vous
montrerez que vous avez bien compris cette parole du divin Maître qui nous dit à tous : Ce que
vous ferez au plus petit des miens, c'est à moi-même
que vous le ferez, et c'est moi qui vous en récom-
penserai. Le bon Maître nous dit encore : Si vous
ne devenez semblable à de petits enfants, vous n'en-
trerez point dans le royaume des Cieux. Profitez
donc du mystère de la divine enfance de Jésus

pour devenir de petits enfants par la simplicité, par l'innocence et la pureté. Tels sont les vœux que je forme pour vous toutes, mes bonnes filles. Telles sont les grâces que je ne cesserai de demander pour vous au Divin Enfant, comme je vous prie de les demander pour moi. C'est dans ces sentiments que je vous salue bien affectueusement dans les divins Cœurs de Jésus et de Marie, où je vous prie de me croire à toujours votre très humble et dévoué serviteur.

Loüis, prêtre.

Amélie aurait désiré surtout voir sa nièce Léocadie entrer à l'asile pour l'aider dans son œuvre charitable. Mais celle-ci voulait une Congrégation religieuse toute constituée, et elle s'était décidée pour une Communauté cloîtrée de Laval. Mlle Fristel recourt alors à son grand moyen ; la prière ; et elle commence une neuvaine au Sacré Cœur de Jésus. Avant la fin de la neuvaine, la jeune fille vient dire à sa tante que, depuis quelques jours, elle songeait qu'elle serait peut-être aussi agréable à Dieu en soignant ses membres souffrants, qu'en s'enfermant dans un cloître où le but principal était la contemplation. Elle ajoute que si elle était sûre que l'asile des Chênes devînt une Communauté consacrée au Cœur de Jésus, elle y entrerait. La bonne tante ravie du changement qui s'était opéré dans les idées de Léocadie, l'attribua justement à l'intercession de ce Cœur Divin, et à l'intercession de ses autres protecteurs, saint Joseph et sainte Anne, qu'elle avait invoqués. Elle assura sa nièce que son plus vif désir était aussi de se consacrer à Dieu sous le vocable du Sacré-Cœur, ainsi que ses compagnes, si elles en obtenaient l'autorisation; et l'encouragea à faire un essai en lui disant que si, dans deux ans, elle ne parvenait pas à devenir religieuse, elle sera libre de quitter les Chênes pour suivre son premier attrait. Léocadie entra à l'asile le 25 décembre 1847, à la grande joie de la bonne mère Amélie.

Sans doute, il fallut attendre plus de deux ans la réalisation de ce pieux projet de se consacrer entièrement au Seigneur par les vœux de religion. Mais la future sœur Marie-Thérèse s'était affectionnée à l'œuvre des vieillards, et, contribuant pour une bonne part aux démarches nécessaires afin d'obtenir l'autorisation désirée, elle attendit avec patience le moment fixé par la volonté divine.

Peu de temps après, Amélie reçut une fille du Sacré-Cœur qui pensait aussi à une autre communauté, et qui fut la sœur Marie-Joseph.

La même année vit augmenter le nombre des vieillards : il y en avait 18 à la fin de 1848.

Quoique l'asile fût spécialement pour les vieillards, la bonne Mère Amélie, prête à secourir toutes les misères, ne se sentit pas le courage d'en refuser l'entrée à une petite fille de 4 ans qui venait de perdre sa mère et dont ne pouvait se charger le

8

père, obligé de gagner son pain en travaillant chez les autres. Tous les lits de la salle des femmes étaient occupés : elle fit dresser une petite couchette entre deux lits. Il y eut bien quelques récriminations d'abord, car l'enfant pleurait toutes les nuits. Mais la supérieure fit cesser les murmures en disant qu'elle prendrait la petite fille dans sa propre chambre plutôt que de l'abandonner. Bientôt même tous s'attachèrent à elle, et la regrettèrent, comme une enfant de la maison, lorsqu'on la plaça à l'orphelinat de la Retraite à Saint-Servan.

Comme on le voit, la Providence avait béni visiblement l'œuvre de Marie-Amélie. Malgré ses humbles et pénibles débuts, l'asile fonctionnait régulièrement, et faisait un bien réel ; le zèle des dévouées compagnes de Mlle Fristel avait à s'exercer sur un nombre déjà respectable de pauvres vieillards : le moment était venu de satisfaire tous les vœux en perpétuant la présence de Jésus-Christ dans l'adorable sacrement de l'autel au milieu de cette chère famille hospitalière.

CHAPITRE II

Progrès de l'Œuvre.

Joies, épreuves, vertus croissantes de Marie-Amélie.

(1848-1853)

Grande faveur : le Très Saint-Sacrement conservé à l'oratoire. — Visite du Révérend Père Loüis. — Terrible orage. — La nouvelle Chapelle. — Le premier Aumônier de l'asile, M. l'abbé Paris. — Exhumation des restes de M. Lemarié, et leur translation dans la Chapelle des Chênes. — Epreuves de Marie-Amélie. — Patience, résignation, douceur et charité admirable de la bonne Mère. — Le prix Monthyon.

A peine installée aux Chênes, Marie-Amélie avait transformé le salon de M. Lemarié en petit oratoire pour les prières communes. Mais, n'ayant pas d'aumônier, il lui fallait chaque matin se rendre au bourg avec les sœurs pour assister à la première messe de la paroisse, et y retourner l'après-midi pour la visite au Saint-Sacrement. Le dimanche, elle avait à faire 6 fois le trajet assez long de l'asile à l'Eglise pour recevoir la Sainte Communion le matin, puis pour conduire les

vieillards à la grand'messe et aux vêpres. C'était
un spectacle touchant de la voir prêter son bras à
un aveugle, tandis que ses sœurs aidaient les infirmes à marcher ; mais ces fréquents voyages
étaient fatigants, et puis, la sainte supérieure, habituée au voisinage de l'église, eût été si heureuse
d'avoir Jésus tout près d'elle, présent même sous
son toit ! Elle en témoigna le vif désir au nouveau
pasteur de Paramé, M. Hénon. Celui-ci s'empressa
d'y accéder, et fit la demande à Mgr de Lesquen,
évêque de Rennes. Cette précieuse faveur lui fut
immédiatement accordée, et, le 6 juillet 1848,
Notre-Seigneur prit possession de sa nouvelle résidence. Quelle joie pour la pieuse Amélie ! Le Roi
des rois était dans sa maison. Elle se promettait de
le visiter bien souvent dans le modeste oratoire ;
et elle recommandait à ses filles de remercier surtout le Sacré-Cœur de Jésus qu'elle regardait,
suivant son habitude, comme la source bénie de
cette grâce nouvelle.

Quelque temps auparavant, au mois de mai, un
grand bonheur lui avait été ménagé par l'aimable
Providence : Le vénéré supérieur des Eudistes, supérieur en même temps du Tiers-Ordre des filles
du Sacré-Cœur que Marie-Amélie continuait à diriger dans la paroisse de Paramé, était venu visiter
l'établissement des Chênes. Quelle consolation pour
la bonne mère qui sentait de plus en plus le vide
creusé par le départ de M. Rosty !

Après avoir pris connaissance des pratiques religieuses observées dans la maison, le P. Loüis crut devoir ajouter et retrancher quelques articles pour le bon ordre de l'asile et l'avancement des sœurs dans la piété. Le lendemain, il célébra le saint-sacrifice de la messe, dans la chapelle provisoire, en présence de toutes les filles du Tiers-Ordre de la paroisse, et leur adressa une touchante exhortation qui fut suivie de la bénédiction du Très-Saint Sacrement. Avant son départ, le bon Père qui revenait de Rome où il avait passé 6 mois pour les affaires de la Congrégation des Eudistes distribua aux sœurs des chapelets, des médailles et images bénites par Pie IX. C'étaient des souvenirs précieux que toutes conservèrent fidèlement avec la mémoire des vertus du vénérable supérieur qui, en même temps, leur faisait sans le savoir, sa visite d'adieux, car il mourut à Rennes au mois de janvier de l'année suivante, sans avoir revu sa chère Communauté de Notre-Dame des Chênes.

Vers la même époque, en avril 1848, Marie-Amélie Fristel cherchant de tous côtés des secours spirituels sollicita et obtint une union de prières et de bonnes œuvres avec les religieuses du monastère de Sainte-Catherine de Notre-Dame de la Trappe près Laval. L'année suivante, elle formait une association semblable avec les religieux de la Trappe de la Meilleraye, au diocèse de Nantes. Elle conserva avec soin les pièces attestant ces pieux engagements qui avaient tant de prix à ses yeux qu'une foi vive éclairait.

Il y avait une autre grâce qui était en ce moment
l'objet des ardentes aspirations de la sainte supérieure. Sans doute elle était heureuse de la permission qui lui avait été accordée de faire célébrer
la messe et de conserver le saint Sacrement dans
son petit oratoire. Mais elle souffrait intérieurement
de l'humilité du lieu affecté aux saints mystères. A
côté et tout autour de cet appartement, sous le
même toit, force était de vaquer aux occupations les
plus vulgaires, aux détails les plus infimes du ména-
nage ; et même au dessus était placé le dortoir des
sœurs. Son profond respect des choses saintes
voyait dans ce contraste une sorte de profanation.
Comme David, elle aspirait à trouver pour l'arche
du Seigneur le lieu de son repos. Mais comment
songer, dans son extrême pénurie de toutes ressources, à entreprendre la construction même d'une
simple chapelle ! Cela lui paraissait une ambition
désordonnée. Et voici qu'un accident effrayant, mais
providentiel, vient faire cesser toutes les hésitations.
Nous en empruntons le récit au journal de Saint-Malo,
Le Commerce Breton : « Au milieu du violent orage
de la nuit dernière, (c'était le 27 juin 1851,) la foudre
est tombée dans la commune de Paramé sur la
maison de la salle d'asile. Le tonnerre est tombé
sur une cheminée ; là il semble que le courant
électrique s'est divisé, traçant une espèce de sillon
sur le toit au nord et au sud, en enlevant les ardoises.

Au midi, la foudre a pénétré dans une chambre occupée par Madame la supérieure de l'établissement
en brisant les volets et les vitres de la fenêtre.
Cette dame a vu son appartement tout en feu : jugez
quelle frayeur! Au dessus de cette chambre est
une mansarde occupée par des bonnes gens : sur les
murs, au pied de l'un des lits, on voit encore des
traces de la foudre. Au nord, le tonnerre s'est encore fait jour dans la chambre d'une des dames de
l'établissement, passant à travers volets et vitres
comme dans l'appartement de Madame la Supérieure.
Enfin la chapelle même n'a pas été épargnée, les
vitres et les fenêtres du nord ont été brisées, et
dans le mur opposé, à l'intérieur, on aperçoit une
espèce de trou de balle assez profond.

Il est rare de voir des effets de tonnerre aussi cu-
rieux : n'est-il pas prodigieux qu'il ait pénétré dans
ces deux appartements sans blesser même le plus
légèrement les personnes qui s'y trouvaient, et sans
y allumer d'incendie?

Aussi ne pouvait-on voir sans émotion les personnes pieuses et charitables qui se sont vouées
dans cette demeure au soulagement de la vieillesse
pauvre et infirme, rendre grâce au ciel de les avoir
sauvées d'un pareil péril d'une manière, je dirai
aussi miraculeuse. »

Amélie, environnée par le feu, se contenta de
dire : « Mes sœurs, priez Dieu, le tonnerre est
dans ma chambre ; puis, lorsqu'il eut éclaté sans

lui faire aucun mal; elle ajouta : « remerciez Dieu, » et elle entonna à l'instant le Magnificat.

Alors, accompagnée de toutes ses sœurs, elle descend dans la salle d'oraison ; on chante le Te Deum, puis l'on fait l'exercice du Chemin de la Croix, en promettant à Dieu de renouveler chaque vendredi cette pratique de dévotion pour le remercier de l'avoir, à pareil jour, préservée d'un danger imminent.

Dans cet événement, elle croit aussi voir un avertissement du ciel. Désormais, plus de délai, il faut bâtir une chapelle.

Elle parle de son projet à toutes ses connnaissances qui y applaudissent. Elle demande à une veuve et à une orpheline une pièce de monnaie. Elle va se prosterner aux pieds d'une statuette de la Sainte Vierge, dépose les dix centimes sous le socle, en suppliant la divine mère de les offrir à son Fils pour qu'il les multiplie.

En attendant, on choisit l'emplacement, où commence à déblayer le terrain ; on trouve presqu'à fleur de terre une carrière de moëllons. La sympathie du public s'éveille à cette nouvelle : on veut contribuer à l'édification du lieu de la prière des vieillards et des sœurs de l'asile. Les uns donnent quelque argent ; ceux-ci fournissent des matériaux ; d'autres prêtent leurs bras, tous leur bonne volonté.

Des manœuvres d'un nouveau genre se pré-

sentent : les familles des citadins habitant pendant
la belle saison les villas voisines, ayant pour chefs
d'équipe les prêtres de la paroisse, se font une
véritable jouissance de venir avec leurs ouvriers et
leurs domestiques manier la pelle et la pioche,
rouler la brouette, se passer de mains en mains et
briques et moëllons. Nul ne craint de gâter sa robe
ou son habit ; chacun tient à honneur d'apporter
littéralement sa pierre à l'édifice dont le plan fut
dressé par M. Frangeul, architecte à Saint-Malo.
Au bout d'un an, la chapelle, modeste de forme à
l'extérieur, élégante, convenablement décorée et
meublée à l'intérieur, était achevée. Elle était éva-
luée plus de dix mille francs. La pièce de dix centimes s'était multipliée cent mille fois !

Il n'y a là sans doute aucun prodige, aucun
phénomène en dehors des lois de la nature, et le
sceptique a beau jeu pour sourire.

Ceci nous remet en mémoire un récit de ce char-
mant esprit qui s'appelait Xavier de Maistre.

Une pauvre fille portait un lourd fardeau sous
lequel tout son corps fléchissait. Arrivée au bas
d'une montée, elle s'arrête épuisée, dépose sa
charge et fait le signe de la croix. Un libre-pen-
seur, témoin de son embarras, enlève le faix d'une
main vigoureuse et le lui remettant au sommet du
coteau : Tenez, dit-il en ricanant, voilà votre paquet
arrivé là haut sans miracle ! — « Pardon, répondit-
elle, le miracle est fait, puisque c'est en me voyant

invoquer secours par le signe de la croix, et grâce
à la vertu de ce signe que vous, incrédule, avez
pris sur vos épaules le poids que les miennes ne
pouvaient porter ! » Que d'événements s'accom-
plissent ainsi, discrètement, par des moyens
simples et ordinaires, et qui n'en sont pas moins
de véritables miracles de la Providence ! — Le 6
août 1852, M. Maupoint, vicaire général délégué de
Mgr Saint-Marc, fit la bénédiction solennelle de la
chapelle neuve, dans laquelle il érigea le chemin de
croix ; puis il bénit une cloche due à la générosité
de M. Pomphily. Une foule nombreuse et sympa-
thique assistait à la cérémonie.

Mais, pour la nouvelle chapelle, il aurait fallu
un aumônier résidant à l'asile. C'était encore là un
désir dont la réalisation, humainement parlant,
paraissait impossible. Le personnel de la maison
était trop minime ; ses ressources suffisaient à peine
pour nourrir les vieillards qui cependant n'étaient
pas nombreux. Comment assurer les moyens
d'existence au prêtre qui serait assez dévoué pour
venir s'installer aux Chênes? Où le loger? En
dehors des chambres occupées par les sept sœurs,
il n'y avait plus que deux pauvres appartements
sous le chaume au-dessus de la grange? Encore une
fois, ce qui semble impossible à l'homme ne l'est
pas à Dieu.

M. l'abbé Paris, vicaire de Paramé, tomba
malade à la suite des fatigues d'un ministère écra-

sant. Il demanda à Mgr Saint-Marc de se retirer
aux Chênes pour prendre un repos qui lui était
devenu nécessaire. Le bon évêque y consent volontiers, et lui fournit une pension sur la Caisse de
retraite du diocèse. Bientôt rétabli, M. Paris qui
s'est attaché à l'œuvre, et voyant tout le bien qu'elle
est appelée à faire, ne songe plus à quitter l'asile ;
il veut s'y dévouer jusqu'à la fin de ses jours. Il
aide de tout son pouvoir Amélie à fonder sa Congrégation, et à former les novices dans la vie religieuse. Ce pieux aumônier, après avoir dépensé sa
santé et sa vie au service de la communauté pendant près de 30 ans, mourut des suites d'une para-
lysie en 1878, et fut pleuré comme un père par
toute la Congrégation. Ses restes reposent dans le
caveau des recteurs de Paramé.

La reconnaissance est la vertu des grandes âmes :
aussi la mémoire du donateur des Chênes restait
profondément gravée dans le cœur de la digne supérieure qui déjà avait établi à l'asile, outre un service anniversaire pour le bienfaiteur défunt, un jour
de fête pour toute la maison à la saint Henri, patron de M. Lemarié ; et maintenant elle désirait que
ses restes fussent déposés dans la chapelle neuve,
comme pour perpétuer à l'asile son souvenir et même
sa présence. Grâce aux démarches faites auprès des
autorités civiles et ecclésiastiques par l'infatigable
ami des Chênes, M. Ponphily, l'autorisation
d'exhumer le corps de M. Lemarié du cimetière

de la paroisse fut obtenue ; et le 26 octobre 1853
eût lieu la cérémonie solennelle de l'inhumation
de ses restes dans la chapelle de l'établissement
charitable dû à sa munificence. La grand'messe
fut chantée par M. l'abbé Rosty, recteur de Saint-
Briac, ancien confesseur du défunt, et probablement
l'inspirateur de son legs magnifique. Ce fut encore un
bonheur pour la mère Amélie d'avoir pu témoigner
ainsi sa vive gratitude envers celui qu'elle appelait,
en s'oubliant elle-même, le véritable fondateur de
l'asile.

A son tour, elle sera inhumée plus tard et ses
restes reposeront aussi dans la modeste chapelle,
en face du tombeau de M. Lemarié.

Par une suite d'interventions vraiment extraordinaires de la Providence, la bonne Supérieure
avait donc pu voir le service religieux assuré à Notre-
Dame des Chênes. Que de motifs pour cette sainte
âme d'adresser à Dieu de ferventes actions de grâces !
Elle ne pouvait y manquer : mais en même temps
sa confiance dans le Sacré-Cœur et ses célestes
protecteurs ne faisait que redoubler : tant de faveurs lui semblaient maintenant comme un ache-
minement progressif vers ce qui était devenu le but
suprême de ses aspirations : se consacrer totale-
ment au Seigneur avec ses dévouées compagnes
par les vœux de religion, prendre sa place au milieu de cette légion de Congrégations charitables
nées à cette époque dans notre France sur les

ruines amoncelées par la Révolution, et dont l'éclosion merveilleuse sera une des plus pures gloires de notre XIX° siècle. Jamais, dans son extrême humilité, Marie-Amélie n'aurait pu songer d'abord à un pareil but. Mais la Providence l'y conduisait comme par la main : Amélie ne voulait pas aller contre les intentions divines que les circonstances manifestaient si clairement.

De même que Marie sa mère, sa protectrice toute puissante et son modèle aimé, elle ne pouvait que dire : *Ecce ancilla domini, fiat mihi secundum Verbum tuum* : O Seigneur, je suis votre servante, faites de moi ce que vous voudrez, — Et elle consentait à devenir l'instrument docile de son bon Maître pour l'accomplissement de son œuvre.

Nous aurons bientôt à parler longuement des difficultés en apparence insurmontables qu'elle eut à vaincre pour l'établissement de sa Congrégation. Mais, après avoir signalé l'un après l'autre les nombreux secours du ciel reçus par Amélie pour arriver à fonder son asile de vieillards, à côté des joies multipliées que la digne supérieure de la maison des Chênes eut à goûter en voyant la fondation réussir et s'affermir peu à peu, comment oublier toutes les épreuves de la bonne mère au milieu de sa laborieuse entreprise ?

Ainsi dans toute vie humaine, quelle qu'elle soit, les jours de peine côtoient sans cesse les jours de bonheur.

A plus forte raison, lorsqu'il s'agit d'une institution intéressant le soulagement de la misère et,
en définitive, le salut des âmes, on doit toujours y
trouver le vrai cachet divin de toutes les bonnes
œuvres, la croix et la souffrance.

Le sacrifice de Jésus crucifié a été la rédemption
du monde. Le sacrifice est et demeure la loi suprême et la vraie mesure du succès dans les œuvres
de Dieu.

Si donc, d'un côté, le Seigneur témoignait par
ses faveurs que l'œuvre entreprise lui était agréable,
il montrait de l'autre, par les épreuves intérieures
et extérieures qu'il envoyait à sa servante, que
l'œuvre serait féconde. — Assurément, l'un de ses
plus grands chagrins à ce moment de sa vie fut
la privation des conseils et des encouragements du
saint directeur qui depuis longtemps l'avait guidée
pas à pas dans sa voix de dévouement et de perfection. Il n'y avait pas un mois que M. Rosty était
rendu à son nouveau poste de Saint-Briac qu'elle
ne put s'empêcher de lui écrire pour exprimer toute
sa douleur. J'ai beau répéter, lui disait-elle : Mon
Dieu, que votre volonté soit faite, je sens que ce
n'est pas le cœur, mais la bouche seule qui parle,
et j'éprouve un combat intérieur que je ne puis surmonter toute seule.

Voici la belle réponse du saint prêtre :

Ma bonne demoiselle et très chère sœur en Jésus-Christ.

Permettez-moi de vous dire franchement que cette peine extrême dont vous me parlez est une faiblesse humaine au-dessus de laquelle il faut vous élever. Ne savez-vous pas que s'appuyer sur les créatures, c'est s'appuyer sur un roseau brisé qui vous blesse la main? Quand il ne résulterait pour vous de ce qui est arrivé qu'un motif et un moyen de vous renoncer vous-même et de mettre votre confiance en Dieu, ne devriez-vous pas bénir la divine Providence? Pourquoi comptons-nous sur les hommes? Aujourd'hui ils paraissent, et demain ils ne sont plus, ou bien ils nous deviennent inutiles. Dieu seul est sage ! Dieu seul est puissant ! Dieu seul est immuable. Faisons notre devoir : et puis remettons-nous entre les mains de Dieu. Suivez avec confiance la voie où vous êtes entrée. Rappelez-vous les avis qui vous ont été donnés... et tenez-vous en paix... Assurez bien toutes les chères sœurs de mon respectueux attachement. Priez le bon Dieu pour moi. Toutes les difficultés ne sont pas levées ici... Nous avons grand besoin que le bon Dieu ait pitié de nous.

Ce n'est pas que j'aie des sujets de peines personnelles, mais nous trouvons des obstacles au bien que nous ne savons comment surmonter.

Prenez courage, ma bonne demoiselle, espérez tout de la divine miséricorde. Croyez-moi toujours votre tout dévoué.

P. J. ROSTY.

A des paroles aussi surnaturelles on reconnaît la grandeur de la perte qu'avait faite Mlle Eristel, et l'on comprend mieux la vivacité de ses regrets.

Les doux reproches et les sages avis de M. Rosty la rappelèrent à une plus entière résignation et ranimèrent son courage : aussi c'est avec plus de calme qu'elle lui écrivait dans la suite pour le consulter sur tous les détails de la conduite de son œuvre, par exemple sur la question du service anniversaire de M. Lemarié, sur la célébration de la saint Henri, fête de ce généreux bienfaiteur, et sur l'établissement de la procession de la Fête Dieu à l'asile des Chênes. Elle a conservé toutes les réponses de son directeur qui l'exhorta toujours à persévérer dans sa fermeté et son abandon à la volonté divine.

Toutefois les obstacles, les contrariétés, les objurgations même s'élevaient autour d'elle. La patience, la douceur et surtout la parfaite résignation étaient, avec la prière, ses seules armes dans la lutte. Quelques traits vont nous révéler la perfection de sa vertu, et la grandeur de sa charité.

Un seul jour, il lui arriva d'éprouver un sentiment analogue au découragement, en présence d'une

Monsieur l'Abbé Al. PARIS
Vicaire à Paramé, 1835
Aumônier de la communauté de Notre-Dame des Chênes, 1854
Décédé en 1879.

opposition qui lui était d'autant plus sensible qu'elle ne s'attendait pas à la rencontrer de ce côté. Elle ne put empêcher ses larmes de couler. Mais presque aussitôt, honteuse de ce qu'elle appelait sa faiblesse, elle se hâta d'en demander pardon à la personne qui lui causait cette peine.

Dans une autre circonstance, gravement insultée par une femme irritée, ce fut une raison pour elle de témoigner à celle-ci plus de prévenances et d'égards. C'est du reste ainsi qu'elle agissait toujours : elle semblait vouloir racheter les torts des autres envers elle, par une plus affectueuse bienveillance pour eux. Une vieille fille avait été conduite à l'asile, après la mort de sa sœur presque aussi âgée qu'elle, et avec qui elle habitait. Les héritiers de celle-ci vinrent réclamer certains effets dépendant de la succession. M{ll}ᵉ Fristel crut devoir leur permettre de les emporter. Quand la survivante en fut informés, elle accusa Amélie de l'avoir volée. Vainement celle-ci fit racheter les effets : elle ne parvint pas à désarmer la colère de la pauvre abusée qui sans cesse éclatait en plaintes amères et en violents reproches contre l'abus de confiance dont elle se prétendait victime. Précisément à cause de cette injustice, elle semblait une des préférées de M{ll}ᵉ Fristel qui la comblait de soins tels qu'on appelait cette femme dans la maison : la privilégiée de l'ingratitude.

Un fait analogue se passa à peu près dans le même temps. Une vieille femme était venue se

9

réfugier à l'asile, y apportant les pièces de son chétif mobilier. Ses neveux et nièces, fâchés de les voir échapper à leur convoitise, vinrent monter une algarade grossière à Mlle Fristel. Celle-ci, sans s'émouvoir, leur fit rendre quelques objets, et tendant un livre de prières à l'instigatrice de cette scène : « Tenez, ma chère femme, lui dit-elle, faites don de ceci en mémoire de moi à votre petite fille ».

Stupéfaite de cette douceur, la méchante femme ne put s'empêcher de s'écrier. — « Eh quoi, je vous querelle, et vous me faites des cadeaux ! » — Profond sujet d'étonnement, en effet, pour ceux qui ignorent la source élevée de cette mansuétude chrétienne qui répond à la malédiction par la prière, à l'outrage par le bienfait !

Cette même égalité d'humeur, cette même résignation, Amélie les gardait envers les choses comme envers les hommes. Un événement malheureux venait-il l'atteindre ? elle inclinait la tête sous la main de Dieu, et la relevait aussitôt, pleine de confiance et de sérénité.

Une nuit on la réveille en sursaut, en criant que le feu vient de prendre dans la chambre des femmes, par l'imprudence d'une garde-malade. — « Que Dieu soit béni ! » dit-elle. Et Dieu, prenant en miséricorde cet acquiescement à sa volonté, permit que l'incendie fût presque aussitôt éteint qu'allumé.

Éprouvant un jour un léger malaise, elle voulut, pour le dissiper, prendre une cuillerée de potion calmante. Se trompant de flacon, elle s'administra une forte dose de laudanum. Ses compagnes alarmées s'empressent autour d'elle ; on appelle le médecin, on s'agenouille, on prie à son chevet. Au milieu du sommeil mortel qui déjà s'empare de ses sens, une idée survit : c'est la résignation et la confiance. Du fond de son cœur qui va bientôt cesser de battre s'élève un vœu à la sainte Vierge, et presque instantanément elle rejette le poison.

Tout en se dévouant à une classe spéciale d'indigents, Mlle Fristel n'oubliait pas les autres. Elle eût voulu élargir sa maison et ses ressources à l'égal de son cœur pour les recevoir tous. Du moins elle continua la tradition de M. Lemarié, en consacrant les revenus de son patrimoine particulier aux misères qui passaient à sa porte.

Un jour, un de ces errants du malheur, un jeune infirme, se traînant péniblement à l'aide de béquilles, vint lui demander l'aumône. C'était un pauvre enfant, atteint d'un de ces maux incurables qui se révèlent par de dégoûtantes recrudescences ; il était scrofuleux. Mlle Fristel n'avait pas de logement pour lui. Elle en improvise un sous un hangar, le panse de ses mains, le soigne pendant plusieurs mois, et lorsqu'il est, sinon rétabli, du moins amélioré, elle le renvoie, convenablement vêtu, dans sa famille, après avoir elle-même mendié pour lui le prix de ses habits et les frais de son transport par les voitures publiques.

Une autre fois un aliéné, placé depuis de longues années dans un hospice départemental, en est renvoyé, non pas qu'il fut guéri, mais parce que sa folie ayant cessé d'être dangereuse, l'administration s'exonérait de la charge, en la laissant à la municipalité de la commune de Paramé d'où ce malheureux était originaire. Il l'avait quittée depuis quarante ans : il n'y possédait ni famille, ni ressources. Son nom y était, il est vrai, inscrit sur les registres de l'état civil ; mais il n'existait plus dans aucune mémoire. Fort embarrassé d'un pareil envoi, le Maire fait appel à la charité de la supérieure des Chênes. La maison de celle-ci n'est certes pas organisée pour soigner de semblables infirmités. La compassion d'Amélie la rend ingénieuse ; elle accepte gratuitement le pauvre insensé. Grâce aux soins affectueux dont il est entouré, et à l'influence de la vie champêtre, il retrouve, pour ses derniers jours, le calme et le bien-être physiques, à défaut de la raison qui l'a fui sans retour.

Mais c'était surtout à ses vieillards que Mlle Fristel se prodiguait tout entière ! Elle pouvait dire d'eux à l'exemple du divin Maître parlant de ses disciples : « Ceux-là sont ma mère et mes frères. » Le matin, sa première visite était pour eux ; elle s'arrêtait aux lits des infirmes, ayant pour chacun un mot de consolation et d'encouragement. A l'heure des repas, elle les servait et leur distribuait leurs portions. Si l'un d'eux était malade, sa sollicitude devenait l'inquiétude d'une mère ; elle s'empressait pour lui procurer les soulagements du corps et de l'âme ; et lorsque la mort enlevait un de ses chers hôtes, c'était pour elle un chagrin pareil à celui de la perte d'un parent bien-aimé.

Ses préférences, s'il en était quelques-unes pour ses vieux amis, se mesuraient au degré de leur misère. Plus était grande l'infortune du pauvre qu'elle recueillait, plus grande et plus désirable lui semblait la joie qui lui revenait à elle-même.

Pour l'acquérir, elle laissait de côté la supputation de ses ressources, comme un calcul trop timide.

Un vieux journalier, épuisé de forces, sans parents, sans amis, errait la besace au dos dans la campagne, On ne savait où il se retirait : nul ne s'en inquiétait, à vrai dire. Un jour, deux sœurs de l'asile découvrent, dans un pli des dunes de Rochebonne, une excavation creusée dans le sable ; quelques planches pourries, des herbes desséchées forment une sorte de toiture, et, à l'entrée de ce trou, une blouse déchirée pend en guise de portière. C'est là le logis du pauvre besacier, une couche de varech lui sert de lit ; son foyer se compose de trois pierres juxtaposées. Depuis huit mois le bonhomme Maillard, c'est ainsi qu'on l'appelle, a passé les longues nuits d'automne et d'hiver, et bien souvent des journées entières, au fond de cette tannière ; ses jambes ulcérées lui permettaient à peine de se traîner au dehors. Dès que cette indicible détresse lui est signalée, Mlle Fristel ne s'arrête pas à s'informer s'il y a une place vacante dans son établissement. Elle envoie prendre le malheureux ; on le transporte aux Chênes où, grâce aux soins qui lui sont prodigués, il recouvre santé et contentement et où il vécut même après sa bienfaitrice, ne se souvenant des douleurs passées que pour bénir celle qui lui avait procuré le bien-être présent.

Des œuvres de bienfaisance si multipliées, si touchantes, une vie tout entière consacrée au service de ses semblables, parlaient trop haut pour ne pas attirer à Mlle Fristel les hommages reconnaissants de tous les gens de cœur. Aussi ses concitoyens et l'administration publique s'estimèrent-ils heureux de signaler de telles vertus à l'Académie française. Le mémoire, adressé à l'Académie, revêtu de près de 200 signatures, commence en ces termes :

« Tout près du berceau de l'admirable société des Petites Sœurs des Pauvres, dans cette Bretagne où la charité opère des prodiges, une autre bonne œuvre s'est inspirée à la même source : Avant que le zèle de M. l'abbé le Pailleur eût commencé à se faire connaître à Saint-Servan, une bonne demoiselle de Paramé avait déjà fait ses preuves sous l'inspiration de la même pensée de charité... » Puis vient un long récit de toutes les œuvres charitables de Mlle Fristel.

L'Académie honora la liste des prix Monthyon en y inscrivant le nom de la bonne demoiselle Fristel à qui elle décernait une médaille de 500 fr. Mlle Fristel, toute honteuse, ne demandait qu'à se dérober à cette publicité. On lui fit comprendre qu'elle n'avait pas le droit de refuser la valeur représentative de la médaille, puisqu'elle devait tomber dans la caisse des pauvres. Elle fit un compromis : elle accepta le don pour eux, mais ne lut jamais l'éloge composé pour elle. Voici cet éloge qu'on lit dans le rapport de M. le duc de Noailles sur les prix de vertu de l'année 1855. «Amélie Fristel, de Saint-Malo. habitant aujourd'hui le village de Paramé, âgée de 57 ans, a fondé, avec les seules ressources de son ardente charité, un établissement vraiment recommandable. A l'aide de loteries et de dons volontaires, et plus tard d'un petit héritage qu'elle recueillit, elle est parvenue à créer, en 1836, d'abord un bureau de charité, qui ensuite est devenu un hospice de vieillards des deux sexes, vrais invalides de l'agriculture, lequel a si bien prospéré sous l'action du zèle intelligent et actif de cette excellente personne, et avec le concours de quelques autres âmes charitables, qu'il renferme aujourd'hui vingt-huit de ces infortunés, nourris et entretenus par les soins d'Amélie Fristel: vivant heureux et unis, et bénissant chaque jour la main qui les préserva de la misère. »

Cette louange humaine, assurément l'humble

servante des vieillards ne l'avait nullement désirée ni recherchée ; Dieu la lui accordait par surcroît. Mais, ce qui l'avait vivement préoccupée depuis plusieurs années : assurer, l'existence de son œuvre par l'établissement d'une congrégation religieuse, venait aussi de se réaliser.

Le récit de cette fondation va mettre encore plus en lumière avec les vertus de la sainte fille, calme, patiente, infatigable au milieu des démarches et des rebuts de toutes sortes, l'intervention admirable de la divine Providence à qui elle s'était entièrement abandonnée.

CHAPITRE III

Fondation de la Congrégation des Saints Cœurs de Jésus et de Marie.

(1849-1853)

Regard en arrière. — Marie-Amélie songe à fonder sa Congrégation. — Le Vénérable Curé d'Ars. — Mort du R. P. Loüis. — Premier refus de Mgr Saint-Marc, évêque de Rennes. — M. l'abbé Maupoint, vicaire général, est chargé de la communauté des Chênes. — Visites à l'asile de Mgr de Lesquen, ancien évêque de Rennes ; de M. Maupoint, le nouveau supérieur. — Tentative d'union avec la communauté des Incurables de Rennes. — Lettres précieuses de M. Rosty, recteur de Saint-Briac. — Intervention providentielle de Mgr Poirier, Eudiste, évêque de Roseau, dans les Antilles anglaises. — Approbation de la nouvelle congrégation. Joie de la communauté des Chênes, et cérémonie des Premiers Vœux, le 11 novembre 1853.

Après avoir suivi le développement de l'œuvre hospitalière de Notre-Dame des Chênes, il nous faut revenir sur nos pas pour raconter l'histoire de la fondation qui devait en perpétuer l'existence, et qui fut le beau couronnement d'une vie consacrée tout entière à l'exercice de la charité, et déjà si féconde en institutions bienfaisantes. L'asile des vieillards avait grandi lentement : malgré des diffi-

cultés nombreuses, c'était en 1849 une œuvre fondée, et même prospère ; les intentions charitables
du donateur des Chênes, et les pieux projets de
Mlle Fristel étaient accomplis. Mais un esprit prévoyant comme celui d'Amélie ne pouvait manquer de songer aux moyens d'assurer la durée des
résultats obtenus. On ne pouvait guère avoir
l'espoir de continuer la direction de l'asile par succession testamentaire, ni par une association se
recrutant, au fur et à mesure des décès, par de
nouvelles aggrégations de femmes laïques. Un seul
moyen était évidemment praticable et sûr : c'était
de consacrer l'établissement, par un solennel abandon, à la religion qui seule a le secret de la perpétuité. D'autre part, la fervente piété d'Amélie et de
ses dévouées compagnes les poussait à cette consécration plus totale de leurs personnes à Celui
qu'elles avaient choisi pour unique héritage.

Déjà elles s'étaient attachées à Jésus-Christ en
entrant dans le Tiers-Ordre du Saint Cœur de
Marie ; mais elles auraient voulu lui appartenir
plus complètement et former une communauté
stable par les trois vœux de religion.

Il semblait bien à la bonne supérieure des Chênes
que la Providence, par tout un ensemble de circonstances, la conduisait vers la réalisation de ce grand
dessein. Mais quelle voie suivre pour atteindre ce
but ? — Pouvait-on se flatter de fonder une congrégation nouvelle, alors que deux sociétés reli-

gieuses venaient de prendre naissance dans le Diocèse de Rennes et que le récent Concile de la pro-
vince, tenu en 1846 à Rennes, avait recommandé
d'affermir celles qui existaient, avant de songer à en
créer d'autres ?

Au point de vue civil, bien d'autres difficultés
allaient surgir. Devrait-on faire reconnaître ou non
l'établissement par le gouvernement ? Dans le premier cas, il fallait se soumettre aux investigations
administratives, aux lenteurs des enquêtes et des
formalités, sans être sûr d'arriver à une solution
affirmative. Puis, il fallait accepter pour l'avenir,
en ce qui est au moins des intérêts matériels, la tu-
telle et jusqu'à un certain point le contrôle de l'administration. D'un autre côté, la situation d'une congrégation religieuse non reconnue paraissait pleine de
périls politiques et financiers. La propriété des biens,
n'est jamais assurée entre ses mains ; elle n'est
transmissible qu'à l'aide de fictions ou pour mieux
dire d'équivoques légales. Les précautions à prendre
pour les combiner, sujettes à de nombreux mé-
comptes, entraînent par les mutations qu'elles né-
cessitent des paiements d'impôts onéreux et fréquemment renouvelés.

La supérieure, douée d'un admirable sens pratique des choses, comprenait parfaitement ces com-
plications d'ordres si divers. Mais elle n'était pas
de nature à s'en effrayer, dès lors qu'elle croirait
suivre la volonté divine. Elle ne négligea rien pour

connaître cette volonté. Avant de se déterminer à faire des démarches pour établir une congrégation, elle s'adressa même au grand thaumaturge de notre siècle, au saint curé d'Ars, ainsi que nous l'apprend une vénérable religieuse qui vit encore dans l'Institut, et qui passa de longues années dans l'intimité de la bonne supérieure. Depuis longtemps, écrit cette sœur, Amélie se sentait pressée de recourir au saint prêtre. Mais, comment entrer en relation avec lui ? Sans doute, elle fit part de ses désirs aux Saints Cœurs de Jésus et de Marie, son refuge habituel ; car, au moment même où elle sollicitait une telle faveur, voici que Mme Thiéry, qui habitait un château en Paramé, vint la trouver pour lui annoncer qu'elle partait à Ars, afin d'y consulter le vénérable curé sur une affaire concernant ses intérêts spirituels. Grande fut la joie d'Amélie qui demanda aussitôt à cette dame si elle voulait lui remettre une lettre qu'elle allait s'empresser de lui écrire. C'est précisément dans cette intention, répond la dame, que je suis venue vous faire part de mon voyage. Amélie ne pouvait s'empêcher de voir dans cette circonstance, toute fortuite en apparence, une faveur nouvelle de la bonne Providence. Elle passa une partie de la nuit à écrire une longue lettre pour le curé d'Ars, car Mme Thiéry partait dès le lendemain.

Celle-ci devait rester un mois à Ars ; elle promit d'apporter la réponse. Mais, huit jours après, Marie-

Amélie recevait déjà une lettre du saint curé : elle se prosterne et s'humilie devant Dieu avant de l'ouvrir. Que disait le vénérable à l'humble servante du Seigneur ? Ce fut son secret. Sans doute, sa modestie ne lui permettait pas de le faire connaître. Cependant, la religieuse qui nous a laissé ce récit osa demander à sa supérieure bien-aimée de lui confier, s'il était possible, quelque chose de cette réponse, pour le bien de son âme. — Après quelques hésitations, la bonne mère finit par lui dire de s'unir à elle pour rendre à Notre-Seigneur de ferventes actions de grâces. Cette lettre, ajouta-t-elle, est pour moi un trait de lumière pour reconnaître la volonté divine. — « Avant même de recevoir ma lettre, écrit l'homme de Dieu, il s'était senti pressé de célébrer le saint sacrifice de la messe à mes intentions pour que je sois éclairée sur le sujet dont je l'entretiens ; et il me prédit que sous peu de mois je recevrai une grande lumière sortie directement du Cœur sacré de Jésus, et que Marie Immaculée descendra de son trône pour me manifester par sa céleste voix la volonté suprême de l'Infinie Majesté. Mes indécisions, mes appréhensions sont dissipées. Quelle paix et quelle joie dans mon âme ! Je me sens prête à tout ce que le bon Dieu demande d moi. Je ne puis douter que les Saints Cœurs, dans leur miséricorde sans borne pour leur pauvre servante, n'ouvrent encore davantage à mes regards l'horizon des clartés célestes pour me dévoiler les secrets du présent et de l'avenir sur la Congrégation que Dieu m'appelle à fonder? »

Vous a-t-il été donné de voir la Très Sainte Vierge? demanda un jour la religieuse à sa vénérée Mère? « Oui, ma fille, longtemps avant de fonder la Congrégation, » mais elle ne put rien obtenir de plus, malgré ses supplications. Ah! s'écria-t-elle en terminant ce récit, je crois la voir encore, notre bonne Mère! La sainteté rayonnait sur son visage pendant un si doux entretien.

Sans doute, l'humilité de Marie-Amélie a jeté un voile sur les détails de la réponse du Vénérable Curé d'Ars, et sur cette apparition de la Sainte Vierge : mais les paroles qui lui furent arrachées, pour ainsi dire, par sa confidente, ne permettent-elles pas de conclure que Dieu voulait la transformation de la Communauté des Chênes en véritable Congrégation religieuse?

Il fallait, du reste, cette connaissance expresse de la volonté divine pour que Mlle Fristel, toujours si humble et si ennemie de ce qui pouvait la mettre en évidence, se décidât à entreprendre le rôle de fondatrice d'une nouvelle société dans l'Eglise de Jésus-Christ. Maintenant, elle n'hésite plus, mais elle se tient tranquille en attendant le moment de la Providence

Les difficultés vont s'accumuler sous ses pas : elle ne perdra pas confiance, et comme toujours la

Providence sur laquelle elle compte, sans négliger
aucune démarche humaine, fera son œuvre, en se
jouant des obstacles. Le vénéré Père Loüis, supérieur du Tiers-Ordre auquel elle appartenait avec
la plupart de ses compagnes, pouvait lui être d'un
grand secours pour l'exécution de son pieux projet.
Et voici qu'à ce moment il lui manque tout à coup.
Le 30 janvier 1849, il mourut à Rennes des suites
d'une attaque d'apoplexie. La réputation de sainteté
dont jouissait le supérieur général des Eudistes était
telle que, durant deux jours, on vit un concours
extraordinaire de personnes de toutes les conditions
qui venaient non seulement prier, devant son corps
exposé dans la chapelle de Saint-Martin, mais aussi
faire toucher à ce corps, les uns des objets bénis,
d'autres des linges. d'autres même leurs petits enfants (1). Son pieux biographe, le R. P. Dauphin,
ajoute qu'au jour de ses funérailles les rues de la ville
étaient pleines sur le parcours du cortège, et l'on
entendait ce mot sur toutes les lèvres ; C'est un saint!
C'est ainsi que l'avait toujours jugé Mlle Fristel,
dès le commencement de ses relations avec lui. Que
de fois elle avait profité de sa sage direction ! Cette
perte fut encore pour elle une nouvelle épreuve.

Cependant, elle ne voulut pas tarder plus longtemps
à entamer les négociations près de l'autorité ecclésiastique pour l'établissement de sa congrégation.

(1) Le R. P. Loüis de la Morinière. Son généralat, 1830-1849,
par le P. Dauphin, eudiste.

Encouragée par ses sœurs et surtout par sa nièce qui attendait avec impatience la réalisation de la condition donnée par elle pour rester à l'asile des Chênes, Mlle Fristel se décide à partir pour Rennes, afin d'exprimer à Mgr Saint-Marc son désir ardent et celui de sa communauté naissante, et de lui demander un supérieur en remplacement du Père Loüis. Accompagnée de sa nièce, elle se présente à Sa Grandeur qui les accueille avec une bonté toute paternelle, mais ne peut accéder à leur premier désir. Ce serait, dit Monseigneur, en opposition avec les statuts du diocèse promulgués au récent concile provincial. Quant à la seconde demande, Sa Grandeur daigne leur désigner comme Supérieur l'un de ses vicaires généraux, M. Amand René Maupoint. Le premier échec ne découragea nullement Mlle Fristel, d'autant plus que le choix du nouveau supérieur lui apparut bientôt comme une faveur insigne de la bonne Providence qui préparait insensiblement les instruments voulus pour accomplir l'œuvre projetée.

Il se trouvait, en effet, que M. Maupoint connaissait déjà M. l'abbé Paris, devenu chapelain de l'asile des Chênes. En l'année 1847, deux habitants de Paramé, en pèlerinage à la Trappe de la Meilleraye, étaient allés frapper à la porte hospitalière du presbytère de la Trinité d'Angers, dont était alors curé le digne et charitable abbé Maupoint, futur vicaire général de Rennes, puis évêque de l'île de la Réunion.

MONSEIGNEUR AMAND-RENÉ MAUPOINT
Evêque de Saint-Denis, (Ile-de-la-Reunion)
Décédé en 1871.

L'un de ces voyageurs était précisément M. Paris. Celui-ci s'empressa de faire connaître au nouveau supérieur de la communauté les vertus et l'œuvre de la fondatrice de l'asile des vieillards ; du reste, celui-ci ne tarda pas à juger par lui-même et à apprécier le mérite de la mère Amélie. Car de bonne heure il voulut faire visite à la société dont il était chargé.

Avant cette précieuse visite, Mlle Fristel en reçut une autre bien consolante. Mgr de Lesquen, ancien évêque de Rennes, désirait la voir, car il en avait entendu beaucoup parler par plusieurs membres de sa famille qui demeuraient à Paramé, et particulièrement par l'une de ses parentes, Mlle Jouanjan, retirée avec elle aux Chênes pour se dévouer au soulagement des infirmes.

Le bon évêque fit la bénédiction d'une statue de la sainte Vierge que l'on devait placer au-dessus de la porte d'entrée de la maison ; il passa dans toutes les salles, puis adressa aux sœurs et aux vieillards réunis une allocution pleine de cœur. Si Sa Grandeur fut charmée de tout ce qu'elle voyait à l'asile, tous furent aussi très touchés de ses paroles si bienveillantes et si encourageantes.

La visite du nouveau supérieur était d'un intérêt plus grand pour la petite communauté : Elle eut lieu en avril 1849. M. Maupoint fut profondément édifié : Homme plein de cœur et de foi, rempli de l'esprit de Dieu, il témoigna aussitôt à sa commu-

nauté un intérêt aussi affectueux et aussi dévoué,
que s'il l'avait connue depuis longtemps. La bonne
mère lui réitéra son désir de se consacrer à Dieu,
avec ses compagnes, par les saints vœux de religion.
Le vicaire général promit à son départ de renouveler la tentative près de M\ Godefroy Saint-Marc.
Hélas ! il essuya un second refus de Sa Grandeur.
Sans se décourager, il songe aux moyens de satisfaire les aspirations des sœurs qui lui sont confiées ;
et il pense qu'elles pourraient peut-être s'associer
à une communauté ancienne déjà approuvée dans
le diocèse. Monseigneur agrée aussitôt la combinaison, disant que c'était le seul moyen praticable pour
obtenir son autorisation. Aussitôt le dévoué vicaire
général propose l'alliance future à la Mère Gaillard
de Kerbertin, supérieure des sœurs du Sacré-Cœur
de Marie, à l'hospice des Incurables de Rennes.
Celle-ci est enchantée, ainsi que ses compagnes, de
recevoir des recrues nouvelles, dont on disait tant
de bien. Dès le lendemain, M. Maupoint écrit à la
bonne Mère de l'asile des Chênes pour l'engager à
venir avec sa nièce, sœur Marie-Thérèse, passer
une huitaine de jours dans la communauté des Incurables afin d'en étudier les règles et les usages.

Le projet agréait peu aux auxiliaires de Marie-
Amélie ; mais celle-ci n'était pas fâchée de perdre
ainsi le titre de fondatrice d'une Congrégation ; et,
puisque cette combinaison paraissait alors la seule
manière d'arriver à faire les vœux de religion, elle

partit pour Rennes avec sa nièce, dix jours après l'invitation de M. Maupoint. Accueillies avec une bonté paternelle par leur Supérieur, reçues avec une fraternelle cordialité par les Sœurs de l'hospice, elles s'appliquèrent aussitôt à suivre tous les exercices de la Communauté. Cependant la présence d'Amélie était vivement réclamée aux Chênes ; elle repartit après une dizaine de jours avec sœur Marie-Thérèse, emmenant la Maîtresse des novices, Mlle de la Mothe, qui devait initier les sœurs de Paramé à l'esprit de leur future société. Au bout de deux mois de préparation, celles-ci devaient en revêtir l'habit, en adopter les constitutions, et faire les mêmes vœux.

Le projet d'union semblait devoir aboutir : la maîtresse des novices édifiait toutes les sœurs par sa piété et son grand esprit de pauvreté. Mais un obstacle survint : la supérieure des Incurables voulait changer le régime de vie des vieillards, et leur enlever les petites occupations des champs qui plaisaient tant à ces anciens cultivateurs. Elle avait l'intention de louer toutes les terres de l'asile. Mlle Fristel en était affligée pour ses bons vieillards ; ses compagnes éprouvaient les mêmes sentiments. D'ailleurs, les habitants de Paramé qui étaient fiers d'un établissement fondé sur le domaine légué par un des leurs, dirigé par leurs pieuses compatriotes, eurent été froissés dans leurs sympathies, et refroidis dans leur bonne volonté s'il passait aux mains d'une communauté étrangère. Malgré son extrême désir de faire plaisir à son supérieur, Mlle Fristel se croyait donc obligée de refuser l'association essayée.

Elle résolut de l'écrire au vicaire général, mais toujours défiante d'elle-même et de ses propres lumières elle voulut d'abord consulter son saint et ancien directeur, M. l'abbé Rosty, habituée à le reconnaître auprès d'elle comme l'interprète de la volonté divine.

Peu de jours après elle, en reçut la lettre suivante, datée du 30 décembre 1849.

MA BONNE DEMOISELLE,

« Votre réponse à M. Maupoint me semble très convenable. Je ne vois pas le moindre inconvénient à ce que vous fassiez écrire votre lettre par quelqu'une de vos sœurs, (elle demandait à la faire écrire par sa nièce, à cause de la faiblesse de sa vue). Voyez aussi s'il ne vous conviendrait pas mieux de dire : *Notre Père*, que *mon Père*, suivant le style ordinaire aux communautés.

Rassurez-vous donc, ma bonne demoiselle et chère sœur en Notre-Seigneur Jésus-Christ, puisque votre supérieur lui-même vous y invite avec tant de bienveillance. Je suis bien persuadé d'ailleurs que votre réponse le satisfera pleinement en lui faisant voir que c'est uniquement la presque impossibilité qui vous empêche de pouvoir vous rendre à ses désirs, d'autant plus que vous vous réservez pour l'époque de la retraite de lui faire connaître plus amplement les difficultés de votre position. Au lieu de perdre courage, vous voyez par la lettre même de votre supérieur que vous avez tout lieu d'avoir la plus grande confiance en Dieu puisqu'il vous affirme, d'après sa propre expérience, que les difficultés sont un des caractères distinctifs des œuvres agréables à Dieu, *ces difficultés dussent-elles venir quelquefois de votre supérieur lui-même par quelque secret dessein de la divine Providence.*

En un mot, Mademoiselle et très chère sœur, rappelez-vous la réflexion qui m'a bien des fois frappé, et que j'ai eu souvent l'occasion de vous redire : « Vous avez commencé et poursuivi votre œuvre pour la gloire de Dieu et l'utilité spirituelle et temporelle du prochain. Votre intention est droite et pure. Vous êtes les enfants de la divine providence ; abandonnez-vous toutes entre ses mains, et *persévérez jusqu'à la fin.* Là est le mérite, là est la paix et la joie spirituelle, là est le salut, dussiez-vous voir tout le monde se tourner contre vous, si le bon Dieu le permettait. Ne craignez donc rien. Seulement piété fervente, patience courageuse, charité vraiment fraternelle pour les pauvres et entre les sœurs. Point de scrupules, point de petites misérables susceptibilités, mais en tout vertus généreuses et sublimes, autant que votre céleste vocation doit vous l'inspirer.

Ce sont là, ma bonne demoiselle et très chère sœur, les vœux que je fais pour vous et pour toutes vos bonnes et chères sœurs. Veuillez bien dire à la bonne demoiselle Jouanjan que je la remercie bien sincèrement de sa lettre si aimable et des bons sentiments qu'elle m'exprime.

J'ignore quand je pourrai aller vous voir. Je ne fais pas tout ce que je veux, et puis je ne saurais que vous répéter ce que je viens de vous écrire.

Priez Dieu pour moi.

> Votre très humble serviteur en Notre-Seigneur,
>
> P.-J. Rosty.

Quelque temps après avoir envoyé ces lignes, M. Rosty eut l'occasion de venir à Paramé. Avec quel bonheur il visite la chère Communauté! Il célèbre la messe pour elle dans la chapelle de l'asile; puis, réunissant toutes les sœurs, il voulut encore leur adresser une pieuse exhortation sur le détachement de tout ce qui passe et sur la mort à soi-même. Il les engagea à renoncer de plus en plus à leur volonté propre pour suivre en tous points celle de leurs supérieurs, afin de se préparer à la grâce des vœux, si plus tard elles en étaient jugées dignes. Ils les consola et les encouragea par sa visite, comme il ne cessait de les fortifier et de les guider par les sages avis qu'il ne cessait de leur prodiguer par écrit, depuis son départ de la paroisse.

Avant de reprendre le récit de la fondation de la

Congrégation dont la pensée préoccupait plus que
jamais l'esprit de Mlle Fristel depuis les tentatives
infructueuses de l'union avec la Communauté des
Incurables, nous croyons devoir transcrire ici deux
autres lettres de M. Rosty. Amélie les a conservées
avec soin : malgré leur longueur elles nous semblent
trop édifiantes et trop instructives pour les omettre.
Le saint directeur répondait à Mlle Fristel qui venait de lui envoyer les règlements de sa Communauté, déjà vus par le R. P. Loüis, perfectionnés
par l'expérience, mais qu'elle voulait présenter à
M. Rosty avant de les faire approuver et signer par
le nouveau supérieur, M. Maupoint. Il lui écrivait
à la date du 9 septembre 1849 :

Saint-Briac 9 septembre 1849.

MA CHÈRE SŒUR,

Après avoir examiné votre petit Règlement ma-
nuscrit, il ne m'a pas paru qu'il y eût beaucoup de choses à changer, ni à y ajouter. Je ne sais
pas si vous n'auriez point un peu trop multiplié les
exercices de piété. C'est à vous de voir s'il vous est
trop difficile, avec vos occupations nombreuses,
d'observer toutes vos pratiques. Au reste, la cloche
sonne, et celles d'entre vous qui n'ont pas d'empê-
chements légitimes, c'est-à-dire, quand un devoir
de charité ou d'obéissance, ou une nécessité im-

périeuse ne les appellent pas ailleurs, doivent se rendre là où la Règle les appelle.

Ainsi la lettre vous en dit assez. Mais la lettre est morte d'elle-même, il faut qu'elle soit vivifiée par l'esprit de Dieu qui se donne à vous en proportion de votre bonne volonté et de votre ferveur.

Je crois que vous puiserez suffisamment cet esprit de ferveur dans la confession faite avec foi et humilité, dans la sainte communion qui produit des effets si merveilleux dans vos âmes, pourvu que vous tâchiez de vous rappeler le plus souvent possible la présence de Dieu.

Toutefois il ne faut pas oublier que beaucoup de personnes qui se confessent et communient souvent restent toujours avec les mêmes défauts, sans jamais devenir meilleures. Ces personnes sont patientes quand on ne les contrarie point ; elles sont bonnes et ferventes, quand tout va comme elles veulent ; elles sont humbles dans leurs paroles et leurs manières, quand on ne leur fait subir aucune humiliation ; obéissantes, pourvu qu'on ne leur commande ou qu'on ne leur défende que ce qui leur plaît, etc., etc. D'où vient ce malheur ? de ce qu'on ne s'applique point sérieusement et constamment à faire mourir en soi le vieil homme avec ses convoitises, et à se revêtir du nouveau qui n'est autre chose que l'esprit de Notre-Seigneur. On ne sait point, ou plutôt on ne veut pas mortifier ses passions ; on ne cherche pas Dieu avec une inten-

tion droite et pure ; on se recherche soi-même, et
de là une source inépuisable de misères et de chagrins ; de là vient qu'on ne fait point de progrès dans
la vertu et qu'au contraire notre vie n'est souvent
qu'une longue suite de fautes et très peu de mérites.

Le remède au mal c'est la vigilance, par laquelle
nous rentrons souvent en nous-mêmes, pour mettre
en pratique la résolution que nous avons prise dans
l'oraison, la sainte communion, etc. La vigilance
qui nous fait éviter avec tout le soin possible surtout certains défauts qui nous sont plus ordinaires
et pratiquer les vertus opposées à ces défauts. La vigilance qui nous fait examiner les dispositions habi-
tuelles de notre esprit et de notre cœur, afin de chas-
ser avec persévérance la pensée et les réflexions qui
nous font du mal, entre autres, les pensées de tristesse, d'ennui, de découragement, d'inquiétude pour
l'avenir, les tourments de la conscience malgré la
sincérité des confessions et les décisions du confesseur ; afin de mettre aux pieds de la croix les mécon-
tentements, les contrariétés, les antipathies, les
mauvais procédés réels ou imaginaires, toujours
très exagérés, qu'il faut s'attendre à souffrir les uns
des autres, surtout quand nous sommes appelés à
vivre en communauté.

Soyez donc bien persuadées, mes bonnes sœurs,
que le bon Dieu ne vous oubliera point dans votre
petite communauté. Il sera votre père, et il vous
traitera comme ses enfants. comme il a traité tous

ses serviteurs et ses servantes, comme il a voulu traiter son fils, l'objet de ses éternelles complaisances. Vous comprenez ici ce que je veux vous dire. Vous ne seriez pas les enfants de Dieu et vous ne seriez pas dans la bonne voie, si vous n'étiez pas souvent mises dans le creuset des tribulations. Vous ne seriez pas les vraies servantes du Seigneur si vous n'aviez pas à subir sans cesse l'épreuve des tentations, surtout celles qui vous sont le plus sensibles et qui vous blessent plus profondément le cœur ; je veux parler de celles qui remplissent l'âme de chagrin, d'ennui, de découragement. Il serait bien doux sans doute et ce serait une chose digne de l'admiration des anges et des hommes, que vous n'eussiez toutes qu'un cœur et qu'une âme, et que l'union la plus intime, que la charité la plus cordiale régnassent parmi vous. Tel doit être aussi l'objet de vos désirs, le but de vos efforts les plus généreux. Mais, dans ce monde, la paix est le fruit de la guerre, comme la victoire l'est du combat. Il faut donc bien prendre garde d'oublier que nous ne pouvons arriver au royaume de Dieu qu'à travers une foule de tentations. Par conséquent nous ne pouvons pratiquer une vertu quelconque, sans avoir à lutter plus ou moins contre le vice qui lui est opposé ; pour pratiquer l'humilité, nous devons combattre l'orgueil ; pour être doux et pacifiques, il nous faut faire une violence continuelle à notre humeur ; la simplicité chrétienne n'exige pas moins que la mort à nous-mêmes, à notre esprit, à notre volonté, à notre sagesse, à nos désirs, même les plus légitimes et les plus raisonnables en apparence, etc.

Veuillez bien, ma chère sœur, peser attentivement ces principes que je viens de vous rappeler et ceux qui se trouvent à la suite de votre petit règlement. Vous y trouverez en abrégé ce que vous enseignent si merveilleusement les livres qui traitent de la vie spirituelle. Surtout joignez l'action à la réflexion ; mettez en pratique les maximes qui vous sont présentées pour vous diriger ; rentrez souvent en vous-mêmes, et recourez avec une entière confiance à la divine miséricorde et à l'intercession si puissante de la très sainte Vierge, notre bonne mère. Ainsi le bon Dieu vous accordera le don de la persévérance, qui nous assure la couronne éternelle. »

Que de fois cette lettre fut lue et méditée par la pieuse communauté ! La bonne Mère s'en servait pour exciter ses filles à la pratique des vertus fondamentales de la vie religieuse qui sont l'humilité et la charité.

Huit jours après la réception de ces précieux conseils, la supérieure recevait une seconde lettre, datée du 17 septembre, et contenant encore de salutaires avis.

Saint-Briac, 17 septembre 1849.

Mademoiselle Fristel, Supérieure de l'Asile des Chesnes.

MA BONNE DEMOISELLE,

Je vous renvoie enfin vos petites pièces, en vous demandant mille fois pardon de les avoir retenues si longtemps, tandis que je devais vous les expédier dans le plus court délai. Comme vous allez voir, je n'y ai pas touché, mais je vous écris une assez longue épître pour vous encourager et vous rappeler les moyens de vivre saintement et d'être heureuse dans votre chère maison d'asile, parmi les membres souffrants de Notre-Seigneur Jésus-Christ. Vous retrouverez dans ce petit écrit nouveau ce que je vous ai dit cent fois, et ce que vous savez toutes. Je ne me lasse pas de vous le redire, car pour opérer notre salut, nous n'avons pas besoin de savoir beaucoup de choses nouvelles et merveilleuses; mais de méditer jour et nuit la loi de Dieu qui est si courte qu'elle consiste en deux mots : l'amour de Dieu et du prochain; et avec la loi de Dieu, certaines maximes enseignées par les saints, et qui sont comme le flambeau qui dirige nos pas dans la voie du salut, en nous montrant d'un côté les pièges artificieux de l'ennemi du salut, et de l'autre côté le chemin sûr et facile de la vertu solide. Oui, il faut qu'on nous redise bien souvent les mêmes choses, comme nous avons besoin de nous les rappeler souvent à la mémoire : ou plutôt parce que nous ne rentrons pas assez souvent ni assez sérieusement en nous-mêmes, nous devons désirer qu'on ait la charité de nous parler souvent des choses de Dieu. De là la nécessité des instructions de l'Eglise, des retraites, de l'oraison, des examens, des lectures, etc.

Mais je m'arrête, car je vois que si le sujet me le permettait, il m'arriverait peut-être encore de remplir les quatre pages, et de vous faire une seconde édition revue et corrigée de la petite conférence écrite dont je fais mention dans celle-ci. C'est que je vous parle naïvement comme à des personnes simples et droites aimant la vérité, de quelque manière qu'elle vous arrive. Je voulais encore vous faire une petite observation en finissant, c'est que si vous vous décidez à transcrire votre petit règlement particulier, avec les observations qui le suivent, on le fasse en caractères plus grands et plus faciles à lire, sur un cahier solide, puisqu'il doit être pour vous d'un usage journalier. J'ajoute que vous ferez sagement d'écrire à part le règlement particulier, au cas que vous eussiez l'occasion de le mettre sous les yeux de votre supérieur ou de tout autre. Je serais fort contrarié que l'on vît les réflexions que, dans ma simplicité, je vous ai données par écrit, dans la persuasion intime qu'elles vous seraient utiles. Mais, encore une fois, il faut qu'il n'y ait que vous à les voir. J'ai des raisons pour cela. Priez le bon Dieu pour moi, et croyez moi toujours,

Votre tout dévoué serviteur en Notre-Seigneur Jésus-Christ.   J. ROSTY.

C'est dans la pratique de ce règlement et de ces saintes instructions que la Communauté des Chênes se préparait de plus en plus à la vie religieuse ; ou plutôt, déjà elle menait cette vie avec une rare perfection avant de pouvoir porter le titre de Congrégation.

Cependant Amélie et ses compagnes ne pouvaient renoncer à l'espoir de se consacrer à Dieu par les trois vœux de religion. Sans jamais se décourager, elles attendaient le moment de la Providence. C'était, semble-t-il, après tant d'échecs, espérer contre toute espérance. Mais ce qui est impossible à l'homme, ne l'est nullement à Dieu, nous l'avons déjà maintes fois constaté dans ce récit. Après avoir éprouvé la fondatrice comme autrefois il éprouva Abraham, — le père des croyants, — et l'ayant trouvée fidèle, le Seigneur va la récompenser de sa générosité et de sa constance, et lever tous les obstacles par un moyen tout à fait inattendu. Il sera vraiment impossible de ne pas reconnaître le doigt de Dieu dans la nouvelle fondation.

M. l'abbé Paris, chapelain de la communauté des Chênes, était, comme la bonne Mère Amélie, vivement affligé de voir que les efforts tentés jusqu'alors demeuraient sans résultat.

De son côté il priait et il était à la recherche de quelques moyens pour aboutir heureusement. Il avait appris depuis peu de temps qu'un de ses anciens condisciples du Petit-Séminaire de Saint-Méen, missionnaire eudiste à la Trinidad, venait d'être élevé à la dignité épiscopale. C'était Mgr Poirier, évêque de Roseau dans l'île de la Dominique.

Il apprenait en même temps que le saint prélat avait fondé à la Trinidad une Congrégation, composée des sœurs du Tiers-Ordre du V. P. Eudes, approuvée officiellement par le Vicaire apostolique. Ce fut un trait de lumière et un rayon d'espoir pour lui et Mlle Fristel. Amélie et ses compagnes appartenaient au même Tiers-Ordre, suivaient les mêmes règlements que ces sœurs d'Amérique ; et l'établissement de cette société étant antérieur de plusieurs années à la décision du concile de Rennes toujours objectée, on pouvait penser que Mgr Saint-Marc ne ferait plus de difficulté pour autoriser dans son diocèse une Congrégation qui n'était pas nouvelle. Mais les indications fournies sur leurs sœurs d'Amérique par les pères Eudistes étaient encore assez vagues. Avant de recommencer les négociations avec l'Evêché, Mlle Fristel pria M. Paris de s'adresser directement à Mgr Poirier, comme ancien ami, pour lui exposer la situation embarrassante où elle se trouvait, et demander tous les détails nécessaires sur la société fondée aux Antilles. Puis, elle eut recours à son grand moyen, la prière. Avant la fête du Sacré-Cœur de Jésus que l'on célébrait aux Chênes le 20 octobre, suivant l'usage constant et conservé encore dans les familles spirituelles du V. P. Eudes, elle fit avec ses compagnes une fervente neuvaine à ce divin Cœur pour le succès de son entreprise. Or le jour même de la clôture de cette neuvaine, dans la solennité du Cœur de Jésus, M. Paris reçut de Mgr Poirier une longue lettre qui devait trancher la question. Cette lettre est trop intéressante et fut trop importante pour ne pas la reproduire ici en entier.

Porhof Spain, 25 septembre 53 Trinidad.

La sainte volonté de Dieu soit notre règle.

MONSIEUR ET CHER CONFRÈRE,

J'ai reçu hier, 23 septembre, votre lettre datée (Paramé, 29 août). La divine Providence l'a conduite bien directement à son adresse, car c'est bien votre pauvre serviteur dont Dieu a usé comme d'un instrument pour fonder la société religieuse sur laquelle vous réclamez des renseignements. Je m'empresse de vous les donner et je le fais avec tout le bonheur qu'éprouve un vrai Breton, quand il peut se rendre utile à sa patrie.

La Congrégation religieuse que j'ai fondée doit son origine comme la vôtre à la Société du Cœur de Marie telle qu'elle existe dans notre diocèse de Rennes d'après le règlement établi par le père Eudes. Mais trouvant, dès le commencement, des âmes qui pouvaient aller plus loin, j'établis deux catégories l'une de sœurs qui, ne pouvant quitter le monde, désiraient cependant vivre d'une manière qui les rapprochât de la vie religieuse ; l'autre de celles qui se trouvant indépendantes, souhaitaient vivre en communauté et s'adonner à tous les genres de bonnes œuvres. J'établis les choses sur ce pied au mois de mai 1843. Mais le Seigneur manifestant ses desseins plus clairement, j'établis définitivement la communauté ou plutôt une séparation bien tranchée en 1845, et je m'occupai de former une vraie société religieuse pour les besoins du pays, d'après ce que Dieu en avait fait connaître à une pieuse personne plus de dix ans auparavant. L'ordonnance épiscopale du Vicaire Apostolique est datée du 3 mai 1845.

Il serait trop long, Monsieur et cher confrère, de vous raconter l'intervention de Dieu dans tout ceci. Tout est écrit au commencement des annales de la petite société et vous le lirez un jour pour votre édification et l'encouragement des bonnes filles dont vous vous occupez. Il me suffira de vous dire pour le présent, qu'après bien des épreuves, je plaçais au couvent des sœurs de Saint-Joseph, au Port d'Espagne, six de mes filles spirituelles pour y faire leur noviciat parce que nous n'avions pas de

maison à nous. Pendant ce temps, je rédigeais les
constitutions et les règles. Elles furent canonique-
ment approuvées par Monseigneur le Vicaire Apostolique des Antilles anglaises le 7 mai 1847, et, le
9 juin suivant, il donna solennellement l'habit et
reçut les vœux des nouvelles religieuses.

Depuis j'ai soumis ces règles à l'examen d'hommes
très expérimentés dans ces matières, les pieux et
savants Pères Jésuites anglais du célèbre collège
de Stony Hust. Elles ont eu toute leur approbation.
Le cérémonial de la prise d'habit et de la profession
ainsi que la formule des vœux sont également re-
vêtus de l'approbation de Monseigneur l'Evêque de
Port d'Espagne.

Ainsi, vous le voyez, nos filles sont de vraies religieuses. La maison mère est à Castries (Ile Sainte-
Lucie) et elles sont connues sous le titre de Sœurs
du Saint-Cœur de Marie de Sainte-Lucie. Elles y
font un bien immense et sont estimées de toute la
population. Elles ont une très belle maison et une
chapelle : deux autres établissements leur sont pro-
posés. Il ne faut pas croire qu'elles sont toutes tirées
de la classe noire. Mon but a été de former des religieuses indigènes sans distinction de couleur et
de prouver tout ce que peut la charité catholique
pour faire tomber les préjugés de caste. Il y en a
parmi elles qui sont blanches et appartiennent aux
plus honorables familles. Le principal, c'est qu'elles
ont bien pris l'esprit religieux et qu'elles en rem-

plissent admirablement les devoirs, grâce à un bon prêtre de notre diocèse qui les dirige à Sainte-Lucie.

Pour les rendre plus respectables, Monseigneur le Vicaire Apostolique a voulu qu'elles portassent le vrai habit de religion. Il se compose d'une robe noire à large manche, qui est serrée par un cordon bleu-ciel avec des glands, — elles portent la guimpe recouverte en partie par un tablier léger. Les professes, outre le cordon, portent le voile noir et un cœur d'argent suspendu au cou par une chaîne de même métal. — Les novices portent le voile blanc, — toutes portent le chapelet attaché au cordon. — Toutes, en dessous, portent les habits blancs du Cœur immaculé de Marie, en toile — Savoir : le scapulaire, la tunique sur laquelle sont cousus deux cœurs en soie rouge et la ceinture de soie.

Le postulat est d'un an. — Le noviciat de deux. Elles font les trois vœux ordinaires de pauvreté, de chasteté et d'obéissance. L'obéissance se promet à la supérieure générale et à l'évêque du diocèse qui est premier supérieur et qui désigne toujours la supérieure générale. Elles récitent l'office de la Sainte Vierge et pour les prières communes elles se servent du livre composé par le Père Eudes pour les sœurs du Sacré-Cœur de Marie.

Les règles se divisent en quatre parties. La première contient les constitutions ou l'organisation de la société. La deuxième les règles communes, c'est-à-dire 1° ce qu'on doit faire en tout temps ; 2° ce qu'on doit faire chaque jour ; 3° ce qu'on doit faire chaque semaine ; 4° ce qu'on doit faire chaque mois ; 5° ce qu'on doit faire chaque année — cinq chapitres.

La troisième partie traite des vertus propres à conduire à la perfection : — I. De la vertu de Religion. — II. De la charité : 1° des sœurs entre elles, 2° envers les externes, 3° envers les malades, 4° envers elles-mêmes (et du soin de la santé). — III. De l'humilité ; et des pratiques d'humilité. — IV. De l'obéissance. — V. De la pauvreté. — VI. De la chasteté. — VII. De la modestie intérieure et extérieure. — VIII. De la simplicité. — IX. De la reddition de conscience. — X. Du chapitre, — huit chapitres. La quatrième partie traite des devoirs particuliers de celles qui sont en charge.

Comme toutes ces règles sont composées dans l'esprit du vénérable père Eudes, je crois pouvoir assurer qu'elles conviendraient bien à vos bonnes filles. L'épreuve de six ans qu'elles ont subie a été toute en leur faveur.

Et maintenant, Monsieur et cher confrère, il ne me reste plus qu'à vous assurer que nous sommes tout disposé à établir avec vos chères filles une union complète, puisque nous avons la même origine et le même but. Je n'ai pas d'objection à ce qu'elles adoptent notre nom, notre costume et nos règles et je n'en prévois pas de la part de mes filles.

Je ne leur en parlerai pas cependant avant d'avoir reçu de vous, au nom de vos filles, une réponse définitive. De plus je désire que Monseigneur l'Évêque de Rennes donne son approbation tacite à cette démarche ou du moins qu'il ne l'improuve pas, puisqu'il ne peut l'autoriser par écrit. Je ne pense pas qu'il puisse avoir d'objection à permettre l'établissement d'une société qui n'est pas nouvelle. J'ignore si cette permission doit être par écrit pour donner un titre légal. En cas que tout s'arrange, je suis disposé à vous envoyer une sœur pour mettre les nouvelles au courant.

Dans deux mois, au plus, j'aurai occasion de vous envoyer les règles et les annales par un bâtiment de Nantes.

Je me recommande à vos prières et à celles de vos pieuses filles, et vous prie de me croire cordialement tout à vous, en Jésus et Marie.

R. Ch. Poirier, *Évêque.*

Immédiatement, la bonne Mère Amélie adressa cette lettre à son supérieur, M. Maupoint. Celui-ci la communiqua à Monseigneur qui se trouva lui-même tout heureux de pouvoir faire plaisir aux dames de Paramé, comme il les appelait, et leur accorda la permission de former avec les saints vœux de religion une congrégation distincte, sans avoir besoin de s'associer à aucune autre. Le vicaire général s'empresse d'écrire à la Mère Amélie, le 29 octobre 1853.

MA CHÈRE SŒUR.

J'ai une excellente nouvelle à vous apprendre.
une nouvelle inespérée d'après les refus que j'avais
précédemment éprouvés. Monseigneur accorde
cette signalée faveur. Si j'avais eu le temps, j'aurais
tenu à vous l'apprendre de vive voix. C'est que
désormais vous n'avez nul besoin de songer à vous
associer à n'importe quel ordre déjà existant,
puisque notre excellent et saint prélat vous permet
de faire des vœux religieux, et d'imiter vos sœurs
d'Amérique en formant une Congrégation à part.
Pour ma part, ma chère sœur, vous savez que
c'était mon premier désir, et vous vous y étiez
associée de grand cœur. Nous voilà donc au comble
de nos vœux ! Pour reconnaître cette grâce exquise.
que le Seigneur, dans son infinie miséricorde,
daigne nous faire, vous êtes obligées, vous et vos
compagnes, à plus d'humilité, d'union et de mortification que par le passé. Les œuvres de Dieu ne
prospèrent pas autrement. Je ferai des constitutions
plus tard ; en attendant, prenez dans celles des
incurables ce qu'il vous faut. Le costume que
vous avez maintenant, ne pouvez-vous pas le conserver, en remplaçant le chapeau par le voile ? Votre
nom est tout trouvé : les religieuses des Sacrés-
Cœurs de Jésus et de Marie. Il ne vous faut plus

qu'un esprit en harmonie avec votre nouvelle et haute vocation ; avec la grâce de Dieu, vous y tiendrez. Vous avez fait un bon, un excellent noviciat. Les vents qui battent nos côtes vous ont aussi battues un moment : maintenant l'orage a cessé ; le calme se fait, un nouvel horizon s'ouvre devant vous. Le bon Dieu a ses moments, les voilà venus. Béni soit-il ! Faites toutes vos communions à cette intention, priez beaucoup et écrivez-moi bientôt ce que vous pensez, ce que vous désirez, ce que vous demandez au Seigneur.

Vous ne pouvez plus douter de mon dévouement, il est tout entier à votre service, etc.

Tout à vous, ma chère sœur, en Notre-Seigneur, et en sa très sainte Mère.

Am. Maupoint, v. g.

Quelle joie dans la pieuse Communauté de Notre-Dame des Chênes à la lecture de cette lettre ! Elle s'accrut encore à la réception d'une seconde lettre de M. Maupoint, quelques jours après, le 2 novembre 1853 :

« Ma chère sœur Fristel, j'ai encore une bonne et excellente nouvelle à vous apprendre. Je rentre lundi à Rennes, et je partirai le lendemain, comme je l'avais espéré, pour aller vous voir. M⁹ʳ Saint-Marc est vraiment pour moi d'une bonté singulière ; non seulement il ne me refuse rien, mais il semble aller au devant de tout ce qu'il sait devoir me faire plaisir. Je lui ai parlé de vos règlements qui n'arrivent pas d'outre-mer. « Mais leur règlement du P. Eudes, m'a-t-il dit, leur suffira bien ; ajoutez-y ce que vous jugerez convenable. » Je suis de l'avis de Monseigneur. Quelques chapitres en harmonie avec vos besoins ajoutés à votre règlement des sœurs du Sacré-Cœur suffiront amplement. Voilà comme toutes les difficultés s'évanouissent les unes après les autres... Le jeudi 11 novembre, fête du Patronage de la très sainte Vierge, jour où l'on honore aussi saint Martin, serait consacré à la cérémonie de vos vœux religieux. Vous les feriez toutes à ma messe. Je vous donnerai une formule de vœu, et je vous imposerai un voile noir à chacune. A partir de ce beau jour, vous serez vraiment religieuses ; et le bonheur après lequel vous soupiriez depuis quatre ans, sera enfin réalisé. Le Seigneur, j'en suis convaincu, acceptera l'offrande de vos personnes et versera sur vous et vos sœurs ses plus abondantes bénédictions ! A bientôt donc, ma chère sœur ; avertissez vos sœurs que le provisoire va cesser pour vous et que vous allez prendre définitivement votre place dans la famille des Congrégations religieuses.

Cette faveur me paraît d'autant plus précieuse que je n'y comptais vraiment plus. Mais le Seigneur tient en sa main les cœurs de tous les hommes et les entraîne du côté où il veut. Ce sera pour vous un grand sujet d'actions de grâces dans le temps et pendant toute l'éternité.

Agréez, ma chère sœur, l'assurance de mon humble et parfait dévouement.

A. MAUPOINT,
Vicaire général.

Pénétrées de reconnaissance, les sœurs, conduites par la bonne mère Amélie se rendirent à la chapelle pour rendre grâces au cœur Sacré de Jésus, car c'était bien lui qui avait aplani toutes les difficultés et leur permettait enfin d'entrer sous son nom et sous sa protection dans la noble phalange des Congrégations religieuses. N'est-t-il pas juste de remarquer aussi que le Sacré-Cœur de Jésus avait voulu accorder à sa fidèle servante cette faveur signalée, en la faisant passer, pour ainsi dire, par les mains d'un enfant du R. P. Eudes, le premier Apôtre du Sacré-Cœur? Car, c'est la lettre de Mgr Poirier qui, humainement parlant, avait levé tous les obstacles. La nouvelle société se rattache vraiment, par son origine et son esprit, à la famille spirituelle du R. P. Eudes. Amélie avait commencé par appartenir au Tiers-Ordre; c'est le vénéré P. Louis, Supérieur général des Eudistes, qui contribua puissamment, par sa direction, à la former, ainsi que ses compagnes, tertiaires comme elle, à la vie religieuse, et lui inspira son ardente dévotion pour le Sacré-Cœur avec son amour pour le P. Eudes.

Le nom, les règlements des sœurs fondées en Amérique par Mgr Poirier furent adoptés par la Communauté de Notre-Dame des Chênes. Aussi les liens entre les Eudistes et la Congrégation des Sacrés-Cœurs de Jésus et Marie ont toujours été très étroits ; et c'est avec bonheur que les sœurs de Paramé ont accepté des postes de dévouement dans plusieurs maisons de la Congrégation des Eudistes, et particulièrement dans les établissements du Canada.

Après avoir remercié le divin Cœur, la bonne Mère engage ses sœurs à passer dans le plus grand recueillement les jours qui les séparaient du moment où elles feraient au Seigneur leur solennelle consécration. Elle s'empresse d'écrire à M. l'abbé Rosty, qui l'avait si constamment aidée de ses conseils et de ses prières, et qui portait un si vif intérêt à la chère Communauté. — M. Maupoint désirait que la cérémonie des vœux se fît comme à huis clos dans la chapelle, sans invitation de personnes étrangères. Mais le recteur de Saint-Briac n'était pas un étranger pour la maison de Notre-Dame des Chênes : il avait tant contribué à son établissement ! Elle le presse donc de venir assister à leurs premiers engagements, lui qui avait conduit leurs premiers pas dans la vie religieuse. Le saint prêtre répond que, malgré des embarras de toutes sortes, il ne saurait manquer de venir au jour marqué ; il ne pourrait se priver du bonheur d'être témoin d'une cérémonie qui réalisait ses plus chers désirs et qui était pour lui la plus grande des consolations. La bonne mère, toujours défiante d'elle-même, lui avait fait part de ses craintes par rapport à l'accomplissement exact des vœux qu'elle allait prononcer. « Rassurez-vous, lui dit-il ; ces engagements ne sont pas aussi difficiles à remplir que vous vous le figurez. Les vœux sont à la religieuse comme les ailes à l'oiseau. Bien loin d'être une gêne par leur poids, elles lui sont d'une grande utilité pour s'élever dans les airs, tandis que s'il ne les avait pas, en voulant prendre son essor, il tomberait dans la boue et s'y trouverait comme un vil crapaud. Ainsi en est-il de la religieuse qui, si elle n'était obligée par ses vœux de tendre toujours vers le ciel, ne ferait que tomber de chute en chute et ne pourrait jamais atteindre au sommet de la perfection où son saint état la fait tendre sans cesse. » Il ajoutait d'autres ferventes exhortations et de précieux encouragements qui fortifièrent Marie-Amélie et ses compagnes.

Le lundi 9 novembre, M. le Vicaire général arriva à Notre-Dame des Chênes pour préparer les sœurs par une retraite de trois jours qu'il prêcha sur le mérite des vœux et les dispositions à apporter pour bien les prononcer. Sept sœurs et une postulante suivent cette retraite. Enfin, voici le jour si impatiemment attendu, et depuis si longtemps désiré !

M. Maupoint célébra la sainte messe le 11 novembre 1853 dans la petite chapelle de l'asile. Les portes sont fermées ; les vieillards eux-mêmes ne sont pas admis à la cérémonie. Seuls, M. Pâris chapelain de la communauté, et M. Rosty, recteur de Saint-Briac, assistent le supérieur. Avant de recevoir la Sainte Eucharistie des mains de celui-ci, les sœurs prononcent l'une après l'autre la formule sacrée des trois vœux de religion. L'humble supérieure ne voulut se présenter que la troisième, pour suivre son rang d'entrée dans l'asile de Notre-Dame des Chênes. La sainte communion scella l'alliance indissoluble des épouses de Jésus-Christ avec le divin époux de leurs âmes. Le bon abbé Rosty ne se possède plus de joie. Lui qui naturellement était peu expansif ne peut s'empêcher de redire : C'est le plus beau jour de ma vie ! Je n'ai plus rien à désirer sur la terre, puisque mon plus ardent désir est accompli. Vous pouvez maintenant m'appeler à vous, Seigneur ! Comme le saint vieillard Siméon, après avoir tenu dans ses bras l'Enfant-Jésus, il dit son : *Nunc dimittis* !

Voici le procès-verbal de la cérémonie, rédigé par M. Pâris au nom de M. Maupoint, et consigné sur le registre de la communauté : « L'an 1853, le onzième jour de novembre, fête de saint Martin, Nous, vicaire général soussigné, en vertu d'une délégation spéciale de Mgr Godefroy Saint-Marc, évêque de Rennes, avons donné le voile religieux à Mlles Amélie Fristel, Léocadie Fristel, Julie Gauchet, Marie Hesry, Marie Lefrançois, Adèle Dumesnil, Marie Decan, et reçu leurs premiers vœux auxquels elles se préparaient depuis longtemps. Les jours précédents, nous leur avons adressé des instructions spéciales sur la faveur inappréciable que daignait leur accorder leur vénérable prélat, et sur la nature des engagements nouveaux qu'elles allaient contracter.

Cette touchante cérémonie a eu lieu à 6 heures du matin, et a été suivie de la célébration du saint sacrifice que nous avons offert pour la prospérité de l'œuvre naissante.

Etaient présents : M. l'abbé Pâris, aumônier de l'établissement, et M. l'abbé Rosty, ancien vicaire de Paramé et curé de Saint-Briac, qui ont signé avec nous le présent procès-verbal.

Signé sur le registre de la maison : Amand Maupoint, vicaire général, Pierre Jean Rosty, recteur de Saint-Briac, et Alexandre Pâris, aumônier.

On lit plus bas, écrites de la propre main du Supérieur de la nouvelle Communauté, les quelques lignes suivantes.

Ce beau jour s'est terminé par la bénédiction solennelle du Très-Saint-Sacrement, après que nous avons nommé Mlle Amélie Fristel, supérieure ;

Mlle Julie Gauchet, assistante et économe ;

Mlle Léocadie Fristel, maîtresse des novices et secrétaire ; et adjointe à ces dames, en qualité de membre du Conseil de la maison, Mlle Marie Hesry.

Signé au registre : Amand Maupoint, vicaire général.

Voici maintenant la formule des premiers vœux que les sœurs prononcèrent en ce jour mémorable.

En présence des Sacrés-Cœurs de Jésus et de Marie, de saint Joseph, de sainte Anne, de saint Henri et de saint Martin, Patrons de la Congrégation, Moi, sœur N..., je fais les vœux annuels d'obéissance, de pauvreté et de chasteté. Je prie Notre-Seigneur, par les mérites de son Très-Saint Cœur, de m'accorder la grâce d'être fidèle à mes engagements. Ainsi soit-il.

Désormais la Congrégation des Sacrés-Cœurs de Jésus et de Marie avait son rang officiel dans la sainte Eglise de Jésus-Christ, avec la bonne mère Amélie pour supérieure.

Sans doute, ce n'était encore qu'un faible arbuste dans le jardin de l'Eglise : mais, sous l'influence bénie du divin soleil de justice, et l'action bienfaisante des eaux de la grâce, il va se fortifier peu à peu, et grandir d'une manière toute providentielle. C'est maintenant un arbre déjà vigoureux : et c'est déjà par centaines que l'on compte les saintes âmes qui sont venues se reposer à son ombre salutaire !

CHAPITRE IV

Œuvre des Petites Ecoles.

(1854-1859)

La Mère Amélie songe au moyen de multiplier des vocations. — Œuvre de l'enseignement dans les campagnes. — Hésitations de la supérieure. — Elle se rend aux instances de M. Maupoint et aux désirs de Mgr Saint-Marc. — Visite de Mgr Saint-Marc à l'asile. — Première sœur institutrice. — Fondation des Ecoles de Cornillé et de Thélin. — M. Maupoint, nommé évêque de Saint-Denis ; sa visite à Notre-Dame des Chênes. — Affaire de l'autorisation légale de la Congrégation.

Le pas décisif était fait ; mais la mission de la petite famille religieuse, réduite à un emploi tout local dans une paroisse rurale, n'était guère favorable au recrutement des nouvelles sœurs. Il fallait étendre la sphère de son action et de ses services, si l'on voulait multiplier les vocations et assurer la durée de l'œuvre.

Il avait été prédit à Mlle Fristel qu'elle serait mère d'une nombreuse famille spirituelle. La prédiction avait commencé à se réaliser d'une manière tellement claire et inattendue qu'il n'était plus permis de douter de son entier accomplissement.

Mais, parmi les rangs pressés des phalanges qui
combattent dans le monde pour la gloire de Dieu
et pour l'amour du prochain, quel sera le poste
assigné à la nouvelle troupe? Y a-t-il une place à
prendre? Le diocèse de Rennes est largement pourvu de pieuses fondations. La charité chrétienne s'y
est multipliée de manière à mettre, ce semble, un
secours à côté de chaque besoin. Le père de famille
n'a-t-il pas attaché des ouvriers spéciaux à chaque
portion de son champ?

Mais ce champ du père de famille est bien vaste ;
et bien diverses sont les cultures qu'il réclame.

La bonne mère Amélie espère donc qu'il lui sera
donné de glaner encore quelques épis, après tant
de moissonneurs ; et, dans le recueillement et la
prière, attend l'appel de Dieu. Il ne tarda pas à
se faire entendre.

Toutes les préoccupations de l'Eglise de France
et de ses pasteurs étaient tournées alors vers la
grande question de l'enseignement, question qui
s'imposait pour rendre à la jeunesse et à l'enfance
de notre patrie l'instruction religieuse dont elle
avait tant besoin. Après une victoire relative par
rapport à l'enseignement secondaire, il fallait or-
ganiser au point de vue chrétien l'enseignement
populaire. Les villes étaient à peu près pourvues ;
mais que de difficultés dans les campagnes à cause
des faibles ressources dont on pouvait y disposer !
Les Frères de l'Instruction chrétienne de Ploërmel

Son Eminence le Cardinal GODEFROY-BROSSAIS-St-MARC
Décédé en 1878
Archevêque de Rennes.

avaient été fondés dans ce but pour les garçons, et déjà bien des paroisses bénéficiaient de leur dévouement. Le premier pasteur du diocèse de Rennes songe aux sœurs de Paramé pour rendre le même service aux filles dans les paroisses trop pauvres pour se procurer des institutrices suffisamment rétribuées. M. l'abbé Maupoint fait part à la bonne Mère des désirs de son Evêque dont la sollicitude à l'égard des enfants fut un des traits caractéristiques de son administration paternelle et vigilante. Il y avait là une lacune à combler dans les bienfaits répandus par la religion sur le troupeau du pasteur.

La bonne Mère, par un sentiment d'humilité et de délicatesse, n'ose pas d'abord accepter une pareille œuvre ; elle ne se croit pas capable de l'entreprendre ; elle allègue que c'est aux autres congrégations déjà bien constituées, d'assumer cette responsabilité et d'assurer le succès de tels projets auxquels jamais sa pensée ne s'était arrêtée.

Le vicaire général revient à la charge : plusieurs institutrices laïques laissent tant à désirer ; et les autres congrégations enseignantes se montrent si difficiles pour les petites localités !

La fonction demandée aux sœurs nouvelles paraît donc la plus humble de toutes et la moins recherchée.

Cette considération l'emporte sur toutes les autres dans l'esprit de l'humble fondatrice qui croit

12

enfin ne plus pouvoir résister aux instances du zélé
supérieur, et qui, d'après ses avis, pense qu'il convient de prévenir les désirs de Monseigneur.

Elle écrivit donc à Sa Grandeur la lettre suivante :

Hospice de Notre-Dame des Chênes, 4 mars 1856.

Monseigneur,

« Nous espérons que M. l'abbé Maupoint vous
aura fait connaître combien nous sommes heureuses que Votre Grandeur ait daigné songer à notre
toute petite société pour nous appeler à concourir
aux pieux desseins de sa charité. Nous sommes
encore au berceau, et nous ignorons si notre œuvre
est destinée à vivre quelque temps, mais nous avons
mis en Dieu toute notre confiance ; s'il permet que
nous fassions un peu de bien en passant, nous l'en
remercierons de tout notre cœur.

« Nous le savons, Monseigneur, nous venons
après bien d'autres plus pieux, plus habiles que
nous ; nous ne ferons donc que glaner après nos
maîtres, mais nous espérons que le divin Père de
famille nous tiendra compte de notre bonne volonté, et ne dédaignera pas notre petite gerbe.

« Nous sommes donc tout entières à votre disposition, Monseigneur, bien résolues de faire toujours ce qui nous sera possible pour correspondre
à vos désirs.

Aidées de votre bienveillante protection, de la

sage direction de notre bon Père supérieur, des conseils et des soins de notre aumônier, nous avons confiance que nos efforts ne seront pas tout à fait inutiles.

« Nous vous prions, Monseigneur, de vouloir bien nous bénir et nous croire de

Votre Grandeur les très humbles filles,

Sœur MARIE-AMÉLIE, supérieure.

Le retour du courrier apporta la réponse du vénéré Prélat.

Rennes, 8 mars 1856.

MA BONNE SUPÉRIEURE,

« C'est bien à moi plus qu'à vous de faire des remerciements, car c'est un grand service que vous nous rendez et au diocèse tout entier, en acceptant de préparer des institutrices selon le cœur de Dieu à nos chers enfants. Là est tout l'avenir de la religion et de la société. Par conséquent un évêque ne pouvait manquer d'y apporter toutes les préoccupations de son zèle. Vous et les vôtres, ma très chère fille, vous voulez bien nous venir en aide sur ce point si important de notre charge pastorale : oh ! soyez-en mille fois bénies ! »

Désormais, le devoir que la fondatrice doit embrasser est fixé ; la voie est tracée par la Providence elle-même ; en y marchant, elle dévelop-

pera sa congrégation plus sûrement, et trouvera
le moyen de la faire reconnaître plus facilement
par l'autorité civile. Ainsi l'acquiescement simple
et confiant aux désirs des supérieurs conduit toujours à la victoire.

Dès le 12 avril suivant, Mgr Godefroy Saint-Marc.
pour témoigner sa satisfaction et donner un gage
précieux de sa haute bienveillance à la communauté de Notre-Dame des Chênes, vint lui faire visite. Sa Grandeur parcourut les diverses parties de
l'établissement, bénit les vieillards en leur adressant
quelques-unes de ces paroles affectueuses qu'il savait toujours trouver dans son bon cœur. Puis il
voulut s'entretenir avec les religieuses pour leur
confirmer, en les développant, les intentions indi-
quées dans sa lettre. Dès cette première visite épiscopale. Monseigneur put constater l'humilité profonde de la bonne supérieure. Désirant toujours
passer inaperçue, elle avait prié M. Pâris de la
remplacer pour recevoir Sa Grandeur. Après les
premiers compliments, l'évêque demande à voir la
fondatrice perdue au milieu de ses compagnes. Celle-
ci veut lui présenter la sœur Marie-Augustine, pré-
tendant qu'elle est la vraie fondatrice puisqu'elle a
commencé l'établissement avec la sœur Marie, n'é-
tant entrée elle-même à Notre-Dame des Chênes
que trois mois plus tard. Combat d'humilité qui ne
manqua pas d'édifier Sa Grandeur, sans surprendre
l'aumônier ni les sœurs, témoins journaliers des

précautions que prenait sans cesse la bonne mère pour s'effacer aux yeux de tous. — La vénération que Sa Grandeur eut dès lors pour l'humble supérieure ne fit que s'accroître avec le temps.

Il s'agissait maintenant de se mettre en mesure de répondre aux intentions de Monseigneur.

Des travaux d'agrandissement furent exécutés aussitôt dans la maison si étroite de Notre-Dame des Chênes. On convertit les greniers en mansardes destinées à servir de dortoirs aux futures postulantes qui pourraient se présenter et sur lesquelles la bonne Mère comptait d'une manière certaine, assurée qu'elle était que la divine Providence l'aiderait pour cette nouvelle œuvre comme pour la première; et c'est avec une plus grande ferveur encore que l'on récite les litanies de la Providence qui sont dites chaque jour en communauté depuis l'ouverture de l'asile.

La réponse de la Providence ne se fit pas attendre. Une jeune personne de Paramé était rentrée dans sa famille, sa santé n'ayant pu supporter les austérités de la règle du Carmel. Pleine de vénération pour la mère Marie-Amélie, elle avait, d'après ses conseils, travaillé à son brevet; et elle avait conquis le diplôme nécessaire pour diriger une école. — Mais elle n'attendait que le moment de rentrer en Communauté. Tout était même préparé, lorsque la supérieure de l'asile qui d'abord l'avait engagée à étudier, sans aucune pensée arrêtée sur l'avenir de la jeune fille, vient lui communiquer son nouveau dessein.

Ma petite, lui dit-elle, c'est ainsi que la bonne Mère appelait toujours les jeunes personnes du monde, puis les postulantes ou novices dont elle s'occupait, ne pars pas en communauté ; j'ai ton affaire. Viens avec nous à Notre-Dame des Chênes. »

Et elle commença par la faire recevoir dans le Tiers-Ordre dont elle était toujours la supérieure dans la contrée.

C'est ainsi qu'entra la première sœur brevetée de l'Institut, sœur Marie-Aurélie, de qui nous tenons ce récit et qui fut désignée pour la première fondation d'école à Cornillé, près de Vitré le 2 septembre 1856, après quelques mois seulement de postulat. Car Mgr Saint-Marc, à la retraite ecclésiastique qui suivit sa visite à Notre-Dame des Chênes, recommanda chaudement à ses prêtres la nouvelle Congrégation de Paramé pour la direction des petites écoles de leurs paroisses rurales. Quelques jours après, le recteur de Cornillé, M. l'abbé Thébaut, venait supplier la mère Amélie de lui donner une religieuse enseignante pour remplacer son institutrice laïque qui venait de causer un grand scandale dans le pays. Sœur Marie-Aurélie fut reçue comme un ange envoyé du Ciel : en peu de temps, par son zèle éclairé et son dévouement infatigable, elle métamorphosa les enfants de la commune, disaient les bonnes gens.

De son côté, M. Maupoint, supérieur de la Communauté, et supérieur des Tertiaires du saint Cœur de Marie, prêchant une retraite à celles-ci, parmi lesquelles se trouvaient plusieurs pieuses institutrices, leur annonce une nouvelle inattendue, qui fut accueillie avec bonheur par quelques-unes. Plusieurs, dit-il, n'ont pu jusqu'ici réaliser leur projet d'entrer en communauté, étant titulaires d'écoles. Voici pour elles une occasion favorable de réussir sans abandonner leurs positions.

Elles n'ont qu'à se faire remplacer momentanément pendant un cour noviciat à Paramé, et elles pourront ensuite, comme religieuses, reprendre les mêmes fonctions aux mêmes endroits. Trois Tertiaires furent admises aussitôt, et les autres remises à plus tard. C'est ainsi que la supérieure des Tertiaires du Thélin, nouvelle paroisse située près de Plélan, Mlle Anne Cotto, revint y continuer, le 18 septembre 1856, ses fonctions d'institutrice sous le nom de sœur Marie-Rose. C'était la seconde fondation d'école. L'Œuvre était lancée : le Seigneur continuera à la bénir et à la répandre de toutes parts dans le diocèse de Rennes.

L'un des principaux instruments de cette œuvre, M. Maupoint, vicaire général, le supérieur si aimant et si dévoué de la Communauté, allait diparaître et répandre ailleurs la bonne odeur de ses vertus, et les fruits de son apostolat. Ses mérites et sa sainteté avaient attiré l'attention des autorités religieuses et

civiles : et à cette époque, 1857, M. Maupoint fut
élevé à la dignité de l'Episcopat, nommé évêque de
Saint-Denis dans l'île de la Réunion, et consacré
par Sa Grandeur Mgr Saint-Marc.

Il ne voulut pas quitter Rennes sans visiter sa
chère Communauté de Notre-Dame des Chênes. Sa
Grandeur daigna y passer quelques jours, donnant
à la mère Amélie et à ses filles ses derniers avis
que l'on recueillait avec avidité comme les dernières paroles d'un père. Avant son départ,
Mgr Maupoint imposa l'habit religieux à trois postulantes, et adressa une touchante allocution sur
la mission des sœurs des Petites Ecoles.

Empruntant ces paroles du Sauveur à ses
apôtres : « Ce n'est pas vous qui m'avez choisi,
mais c'est moi qui vous ai choisis, et je vous ai pla-
cés pour que vous alliez, et que vous apportiez du
fruit, et que votre fruit demeure, » il fait ressortir
l'honneur de ce choix que Dieu fait des personnes
qu'il daigne associer à sa mission, de la part qu'il
leur assigne dans son dévouement, dans ses fatigues,
dans sa charité. Il veut donc que la petite sœur
des petites Ecoles apprenne à être humble et dévouée
à l'exemple des apôtres, à l'exemple de son Maître,
qu'elle soit une mère de charité pour les enfants
qu'elle instruit ; l'humble servante des pauvres
qu'elle visite ou qu'elle soigne ; qu'en toutes choses
elle fasse l'œuvre de Dieu, et répande autour d'elle
la bonne odeur de ses vertus :

Telles furent les recommandations suprêmes de celui qui avait été, avec la mère Amélie, comme le fondateur de la Congrégation, son premier supérieur, promoteur de l'œuvre des écoles, et qui resta toujours un père et un ami dévoué pour la nouvelle famille religieuse, rempli de vénération pour la sainte fondatrice.

M. l'abbé Bessaiche, vicaire général, fut choisi pour le remplacer comme supérieur, et nous verrons bientôt combien son supériorat a été fécond pour l'expansion de la Congrégation des SS. Cœurs.

Il est juste d'abord de dire que c'est lui qui, par ses conseils et ses démarches, encouragea et seconda la mère Amélie dans l'affaire de la reconnaissance légale de la société! sanction bien importante à cette époque puisque, avec elle, une simple lettre d'obédience pourrait servir de diplôme aux sœurs des Petites Écoles.

Un décret de 1852 avait facilité les reconnaissances de Congrégations, en les subordonnant à un simple avis du Conseil d'État, lorsqu'il ne s'agissait pour les nouvelles communautés que de se rallier à des statuts antérieurement vérifiés et autorisés. Mlle Fristel profita de cette disposition favorable en se conformant à la condition imposée.

En même temps que la supérieure sollicitait l'admission de sa société à la vie civile, il fallait qu'elle assurât son existence matérielle. C'est à quoi elle avait pourvu, en déclarant lui faire donation des biens qui lui étaient advenus de la succession Lemarié. A ce don elle avait imposé la condition expresse que les biens seraient affectés à perpétuité à un hospice destiné à recevoir et à soigner les vieillards pauvres de l'un et de l'autre sexe de la commune de Paramé, en fixant le minimum des admissions au nombre de vingt. Par cette clause, les intentions charitables de M. Lemarié étaient réalisées de la façon la mieux appropriée au vœu de son cœur, puisque sa fortune se trouvait attribuée, par un acte public et solennel, au profit exclusif des indigents de sa commune natale.

Enfin, après bien des pourparlers, malgré toutes les craintes d'insuccès qui bien des fois avaient été répétées à la mère Amélie, celle-ci apprend que la question de l'autorisation légale va aboutir sérieusement. Cherchant un autre nom sous lequel elle voulait désigner sa petite société, elle recourt à son oracle habituel, au Cœur de Jésus, et ne trouve pas de titre plus humble que le nom populaire de *sœurs des Petites Ecoles*. Il est adopté par le supérieur général; et c'est avec cette appellation officielle que, par un décret impérial du 21 février 1859, est autorisé l'établissement à Paramé de la congrégation enseignante et hospitalière des sœurs des Sacrés Cœurs de Jésus et de Marie, dites sœurs des Petites Ecoles. Déjà la Congrégation avait conquis toutes les sympathies : aussi le grand journal Catholique de ce temps, l'*Univers*, et les bons journaux de Saint-Malo et de Rennes, le *Commerce breton* et le *Journal de Rennes* s'empressent de publier le récent décret en décernant des éloges mérités à la nouvelle société. « Nous avons saisi avec empres- « sement, conclut un article du *Journal de Rennes*, « l'occasion de faire connaître une institution en- « core trop ignorée, et qui, quoique très modeste, « est appelée à rendre dans nos campagnes des « services importants. »

CHAPITRE V

Affermissement de la Congrégation.
Formation des sœurs à la vie religieuse.

Supériorat fécond de M. Bessaiche, vicaire général de Rennes. — M. l'abbé Pâris, aumônier de Notre-Dame des Chênes, et sœur Marie-Thérèse, maîtresse des novices, précieux auxiliaires de la Mère Marie-Amélie dans l'œuvre de la formation des nouvelles religieuses. — Esprit de charité, de simplicité et de piété que la mère demande à ses enfants. — Don d'intuition dont elle est douée par rapport aux vocations. — Touchantes exhortations de la mère Marie-Amélie.

Suivant les prévisions de M. Maupoint et de la bonne mère Amélie, la fondation des Petites Ecoles devint une source de vocations pour la petite famille de Notre-Dame des Chênes. Tant de faveurs pénétraient de reconnaissance l'âme de la supérieure ; mais avec les faveurs, c'étaient de nouvelles charges, et de lourdes responsabilités pour elle : c'était aussi un redoublement de fidélité et de zèle demandé à la servante par le Maître qui l'avait appelée. Elle comprenait surtout combien il était important de bien former solidement à la vie religieuse les recrues qui lui arrivent de côté et d'autre. — La mère Marie-Amélie se donne tout entière à ses pauvres et à

ses filles spirituelles ; la Providence lui ménage
en même temps de précieux auxiliaires.

A Mgr Maupoint, évêque de Saint-Denis, avait
succédé comme supérieur, en 1857, M. Bessaiche, vicaire général. Le dévouement de ce digne
supérieur à l'œuvre qui ne faisait que de naître
fut un dévouement de tous les instants, en toutes
circonstances. Pour l'apprécier, il faudrait citer
toutes ses lettres si nombreuses adressées à la mère
Amélie. Bien des fois, il se plaint que les exigences
de l'administration si chargée qui le retient à
Rennes ne lui permettent pas de visiter plus souvent la maison de Paramé et sa bonne supérieure ;
mais il entretient avec celle-ci une correspondance
suivie :

Du reste, la bonne Mère, si scrupuleuse dans
toutes les questions de pauvreté et d'obéissance,
si défiante de ses propres lumières, n'aurait rien
voulu entreprendre sans demander ou faire demander l'avis du supérieur.

L'esprit positif et pratique de M. Bessaiche le
porte surtout à conseiller la bonne Mère sur la
marche extérieure de la société. Acceptations de
maisons nouvelles, logements, voyages et chan-
gements des sœurs, leurs relations avec les recteurs,
les autorités civiles et les personnes du monde,
costume à adopter, gestion des finances, avis pour
les constructions entreprises, impression des règles
et des lettres d'obédience ; tous ces points sont

traités dans sa correspondance. Il travaille aussi à la préparation de règlements plus complets pour la Congrégation. Quant aux permissions à accorder à la supérieure sur l'emploi des biens, pour elle-même ou pour les sœurs, connaissant l'extrême délicatesse de conscience de la mère Amélie, afin de lui ôter toute espèce de scrupules sur cet article, il la laisse absolument libre, et lui donne toute latitude pour permettre ce qu'elle jugera convenable.

Il est heureux lorsqu'il peut lui présenter des postulantes ; mais après les renseignements ou les avis généraux pour leur acceptation, il veut que la supérieure s'applique à les éprouver, à les former au noviciat, lui abandonnant, à elle et à l'aumônier, tout le soin de cette formation intérieure.

Il porte le plus vif intérêt à la chère communauté, prend part à toutes ses joies comme à toutes ses peines. Avec quel bonheur il apprend la bonne nouvelle de l'autorisation légale de sa société, et lui transmet les nombreuses demandes qui lui sont adressées par les paroisses pour obtenir des sœurs des Petites Écoles. On en sollicite même dans d'autres diocèses que celui de Rennes : il consulte Monseigneur qui ne permît pas pour le moment d'accepter ces établissements de peur qu'une extension trop rapide n'empêche l'affermissement de la Congrégation dans son diocèse.

La correspondance de M. Bessaiche nous révèle

aussi un incident fâcheux qui dût être bien pénible
à la bonne Mère, et fit éclater une fois de plus l'affectueux dévouement du supérieur pour la maison
de Notre-Dame des Chênes. L'aumônier de l'asile,
dont l'influence était toujours grande à Paramé,
ayant sans doute prématurément fait ouvrir la chapelle au public pour la messe du dimanche, éveilla
les susceptibilités du nouveau recteur de la paroisse. Sur l'ordre de Mˢʳ Saint-Marc elle dut être
fermée aux étrangers.

Le vicaire général s'en afflige, console la bonne
Mère, etre commande patience et prudence. L'évêque
lui-même écrit à la supérieure la lettre suivante :

MA BONNE SUPÉRIEURE,

« Non seulement je ne suis pas fâché avec mes
« chères filles de Notre-Dame des Chênes, mais j'ai
« toujours pour elles le plus tendre dévouement, et
« je serai toujours bien heureux de leur en don-
« ner des preuves : veuillez donc bien y compter.

« Quant à la petite affaire de votre chapelle,
« soyez sans inquiétude ; avec un peu de patience,
« tout cela s'arrangera à l'amiable ; et la première
« fois que M. Bessaiche ira vous visiter, il traitera
« la chose avec votre excellent recteur.

« Croyez-moi donc bien, ma très chère fille, de
vous et de toutes vos pieuses compagnes,

Le tout attaché en Notre-Seigneur Jésus-Christ.

† G. Ev. de Rennes. »

Deux ans après, en 1860, M. Bessaiche était heureux d'annoncer à la mère Amélie que Monseigneur était revenu sur sa décision, et autorisait la réouverture de la chapelle, à la condition que les offices du dimanche n'y fussent par célébrés aux mêmes heures que ceux de l'église paroissiale.

La sage et discrète intervention du vicaire général avait aplani les difficultés. Ses conseils judicieux ont fait de son supériorat un supériorat vraiment fécond pour l'affermissement et le développement de la société.

La formation des nombreuses postulantes était un point d'une souveraine importance pour la congrégation grandissante. Nous avons vu que M. Bessaiche s'en remettait là-dessus à la sollicitude et aux lumières de la sainte supérieure. Mais il insiste pour que les sœurs ne soient jamais envoyées comme institutrices avant d'être bien pénétrées de l'esprit religieux. « Jusqu'ici, grâce à Dieu, écrit-il en 1862, aucune ne s'est laissée aller à trop de négligence dans ses devoirs, et je désire bien qu'il en soit toujours ainsi à l'avenir. Malgré cela, il est très important de les bien former, et de prendre pour cela tout le temps nécessaire.

Votre petite famille, ma bonne Mère, vous donne de l'inquiétude, de la sollicitude; mais aussi elle vous cause de la joie. Vous voyez que cela ne va pas mal. Vos filles ont à cœur de vous donner du contentement.

Monsieur l'Abbé R. BESSAICHE
Vicaire Général, Supérieur de la Congrégation
Décédé en 1880.

« Il n'y a que moi qui ne vous en donne pas assez ; je me le reproche souvent, je vous assure ; mais hélas ! je suis si peu à moi. J'aurais bien du plaisir à aller vous voir plus souvent, à vous aider un peu plus à supporter vos fatigues, et à gouverner la famille déjà nombreuse. Peut-être pourrai-je le faire plus souvent à l'avenir. Ce qui me console, c'est que je vois que les choses vont bien sans le secours du papa. La maman n'est point une personne ordinaire : le bon Dieu lui a donné de la tête, du caractère, un bon cœur, etc. etc. Elle va très bien sans moi, et c'est l'essentiel... »

La bonne Mère Amélie avait réussi, en effet, à pénétrer ses nouvelles sœurs de l'esprit de charité, d'humilité et de piété qui l'animait elle-même.

La maîtresse des novices, sa nièce, sœur Marie-Thérèse, lui fut d'un grand secours dans ce travail de formation religieuse.

On peut juger de l'affectueuse confiance que celle-ci avait su inspirer à ses novices, par les lettres que lui adressait sa tante. Sœur Marie-Thérèse fit un long voyage à Nancy où elle assista à la première communion d'une de ses nièces ; parfois elle devait s'absenter encore pour la visite des écoles. Et la supérieure, en lui écrivant, ne pouvait s'empêcher de lui redire, non seulement combien elle souffrait de son absence, mais aussi combien toutes les sœurs s'inquiétaient de sa santé et aspiraient après son retour. C'est la bonne Mère qui remplaçait alors sa nièce au noviciat, malgré tous les soucis du gouvernement général de la congrégation.

Sans rien diminuer de sa sollicitude pour ses pauvres vieillards, elle sut se multiplier pour préparer, pour élargir le cœur des jeunes institutrices confiées à ses soins.

Elle s'appliquait à développer surtout chez elles l'intelligence qui comprend les besoins des pauvres, afin de leur assurer à elles-mêmes la récompense promise par l'Esprit-Saint : *Beatus qui intelligit super egenum et pauperem !*

A côté de la classe où les novices sont initiées aux devoirs de l'enseignement se trouve une école de charité expérimentale. Ce sont les salles des infirmes ; elles y apprennent la tendre compassion pour ceux qui souffrent et les services à leur rendre ; car la bonne mère veut créer pour son institut une autre branche d'utilité. Par une féconde association d'idées, elle enverra ses jeunes sœurs dans les campagnes instruire les petits enfants, soigner les malades, et répandre ainsi autour d'elle, un double rayon consolateur allumé au même flambeau, celui de la foi.

Cette éducation porta ses fruits : bientôt, religieuses, novices et réfugiés de l'asile ne formèrent qu'une seule famille dans laquelle ces derniers étaient regardés comme de vieux parents dignes de tous les égards et de tous les respects. Point de

fête intérieure dans la communauté, qu'ils n'en
prennent leur part. Lorsque les religieuses sont
envoyées en mission ou lorsqu'elles rentrent à la
maison mère, le dernier au revoir et le premier
salut du retour sont toujours pour les pauvres
bonnes gens, ainsi qu'on les appelle amicalement.
Aussi la digne supérieure disait-elle avec son aimable sourire : Nous ressemblons bien moins à
un couvent qu'à une grande famille! — C'est
qu'elle avait admirablement compris la vie de son
œuvre.

Elle y voulait la libre expansion du cœur, la
bonne volonté, l'union des sentiments et cet entrain de la charité qui répand la joie sur les travaux,
comme le parfum versé aux pieds de Jésus-Christ.
Elle se défiait de l'esprit de tristesse et de contrainte
qui rétrécit la piété et qui trop souvent fournit aux
défauts l'occasion de se dissimuler plutôt que de se
corriger. D'ailleurs, ses filles n'étaient pas destinées
aux habitudes du cloître. C'était sous les yeux du
public, parmi les enfants et les habitants des campagnes qu'elles devaient exercer leur ministère.
Pour apprendre aux uns et aux autres à resserrer
les liens de la famille, il fallait qu'elles-mêmes
eussent entre elles expérimenté la pratique d'une
charité vraiment cordiale et toute fraternelle.

Ce que la mère Marie-Amélie demandait aux
postulantes, outre l'esprit de charité, c'était une
piété vraie, éclairée, fermement assise sur les bases

de la foi, mais largement comprise ; beaucoup de
sincérité, un dévouement toujours prêt, sans retour
sur soi-même. Moyennant ces qualités, elle se montrait indulgente pour les légers défauts de ses filles.
Trouvait-elle au contraire chez celles-ci une dévotion mal entendue, de la dissimulation, de l'amour-
propre, son jugement était fixé : la vocation religieuse manquait.

Elle cachait d'ailleurs, sous la simplicité de ses
manières, une singulière faculté de pénétration pour
juger le caractère et la disposition d'esprit des gens
sur leurs discours, leurs gestes, leurs allures, leur
physionomie, sur mille particularités indéfinissables.
On l'eut dite servie en certains moments par le don
d'intuition. Rarement elle était induite en erreur
par ses impressions, et elle a donné maintes fois
des exemples frappants de cette rare perspicacité.

Parmi les religieuses qui devaient s'engager par
les vœux à la première cérémonie qui se fit à Notre-
Dame des Chênes, lorsque la communauté fut reconnue comme Congrégation, deux sœurs inspiraient à la bonne Mère des appréhensions sur leur
vocation. Le Supérieur, M. Maupoint, calma ses
inquiétudes et les fit admettre à la profession. Mais
la suite montra que la supérieure ne s'était pas
trompée dans ses craintes. L'une abandonna plus
tard la société ; l'autre ne fut pas toujours un sujet
d'édification pour ses compagnes.

Un jour la bonne Mère éprouvait une répugnance

instinctive, et qu'elle se reprochait, à recevoir une postulante recommandée par un supérieur ecclésiastique. Au bout de quelques années, elle fut obligée de congédier ce sujet qui lui donna lieu de se repentir de sa condescendance.

A une cérémonie de prise d'habit où trois novices se présentaient ensemble : « L'une d'elles ne persévérera pas, » dit la supérieure en sortant de la chapelle. » « C'est possible, lui répondit une professe, assurément du moins, ce n'est pas celle qui paraissait si heureuse de recevoir la vêture, et qui s'est montrée si édifiante pendant sa probation. »

« Eh bien, répliqua la supérieure, c'est précisément celle-là qui, à mon avis, abandonnera le voile. » En effet, un an après, la novice demandait un congé, appelée, disait-elle, par des affaires de famille ; elle ne revint pas à la communauté, et rentra dans le monde.

Dans une circonstance semblable, la Mère paraissait contre son habitude accablée d'une tristesse qui se prolongea pendant une partie de la journée.

Comme on lui en demandait la cause : « Je ne sais, répondit-elle, mais en voyant l'une de ces novices, j'ai éprouvé un serrement de cœur qui me fait encore soupirer malgré moi. Dieu veuille détourner ce fâcheux pressentiment. » Il ne fut que trop réalisé. La jeune fille donna par la suite de si graves sujets de mécontentement que la supérieure fut contrainte de prononcer son renvoi. Cet acte de

juste sévérité fut tellement pénible pour celle-ci
qu'il amena la première atteinte de la congestion
cérébrale qui devait l'emporter quelques années
plus tard.

Avec ce discernement extraordinaire dont elle
était douée, la bonne mère Amélie se trompait rarement lorsqu'il s'agissait de la réception des professes. Du reste, malgré le grand besoin de
sœurs nouvelles pour les écoles qui se multipliaient,
elle prenait les plus grandes précautions pour l'admission des postulantes, et, voulant conserver à son
œuvre le caractère de simplicité et d'humilité, qui
la distingue et qui était si conforme à ses vertus personnelles comme à son désir de passer inaperçue,
elle était difficile presque à l'excès pour accepter
les jeunes personnes dont les qualités brillantes
auraient séduit d'autres supérieures.

Une jeune demoiselle, sortie de la Visitation
pour cause de santé, la pria de la recevoir à l'asile
pour essayer de se rétablir. Par charité la bonne
mère voulut bien s'en charger, et réussit à lui
rendre une santé très ébranlée. Pénétrée de reconnaissance, Mⁱⁱᵉ Pasdouet offrit sa personne et ses talents à la Communauté de Notre-Dame des Chênes.
Elle avait son brevet supérieur, était habile dans la
musique et le dessin ; son intelligence et sa vertu
faisaient espérer qu'elle pourrait rendre de précieux
services. Les sœurs de l'asile auraient bien voulu
conserver un sujet aussi capable. La supérieure ne

fut point de cet avis : « Mes sœurs, disait-elle, que
voulez-vous que nous fassions d'un sujet hors ligne?
C'est bon pour les grands ordres, mais pour nous,
pauvres petites sœurs des Chênes, c'est la simplicité
et l'humilité qu'il nous faut ; nous ne sommes rien,
et nous voudrions des sœurs savantes pour nous
relever peut-être aux yeux du monde ! Oh non ! mes
filles, restons dans notre abjection, dans notre
pauvreté d'esprit, afin d'attirer les regards et la
protection du Cœur de Jésus qui aimait à se cacher
et à passer aux yeux des hommes pour le fils d'un
charpentier ! » N'est-ce pas là le plus pur esprit des
grands saints, l'esprit de Jésus lui-même?

Et elle fit recevoir Mlle Pasdouet au Sacré-
Cœur où il y avait un grand pensionnat pour utiliser ses riches talents. Celle-ci en était tout affligée ; elle voulait retourner dans le cher asile de
Paramé ; et ne se sentit fixée dans sa nouvelle vocation que par l'intercession de la Bienheureuse
Marguerite-Marie, à qui elle s'était adressée dans la
prière.

Même abnégation, même humilité de la part de
la sainte supérieure, dans une autre circonstance.
En 1855, elle avait pu, grâce aux dons de la charité, faire l'acquisition d'un harmonium pour la
chapelle. Une jeune personne de Paramé, Mlle Thérèse Herbert, se dévoue pendant deux ans à venir
les dimanches et les jours de fête accompagner les
chants sur cet harmonium.

Toute embaumée du parfum de sainteté qui s'exhalait du pieux asile, elle sollicita son admission dans la Congrégation. Mais la supérieure l'engagea à aller frapper à la porte de la communauté de Picpus dont son frère faisait partie ; et où elle pourrait être, disait la mère Amélie, plus utile qu'à Notre-Dame des Chênes. Celle-ci répétait aux sœurs que ce n'était pas des demoiselles riches et remarquables par leurs talents qu'il lui fallait, mais de bonnes et simples filles de la campagne.

Sans cesse, dans ses exhortations aux religieuses et aux postulantes, elle revenait sur les mêmes pensées : elle réussit à imprimer profondément à son œuvre le cachet de charité et de simplicité que l'on y admire encore.

Rien de pieux et d'édifiant comme les instructions de la bonne Mère. Elles sont restées gravées dans l'esprit et le cœur de celles qui ont eu le bonheur de l'entendre. Une vénérable religieuse qui vécut longtemps dans l'intimité de la mère Amélie a été priée plus tard par ses supérieurs de consigner par écrit quelques-unes de ses recommandations, dont elle avait conservé la mémoire.

Nous ne pouvons citer toutes ces pages si remplies du véritable esprit religieux, si capables de nous faire entrer plus avant dans la connaissance de la sainte âme de l'humble fondatrice, et si précieuses pour toutes les filles spirituelles de la bonne mère Amélie. Nous voulons cependant en donner

une idée par quelques extraits que nous rapportons avec leur touchante simplicité : « Pour le spi-
« rituel comme pour le corporel, aimez à puiser
« la divine vertu de la charité, mes chères filles,
« dans les très saints cœurs de Jésus et de Marie.
« Ces Cœurs sacrés sont notre lieu de refuge pour
« toutes ; ils forment, pour ainsi dire, le code de
« notre vie spirituelle. Quelle joie pour nous d'a-
« voir été reconnues par l'autorité ecclésiastique
« sous le beau nom de filles du saint Père Eudes,
« apôtre des Saints Cœurs ! Quel culte, quelle vé-
« nération nous devons avoir pour ce saint religieux.
« Quel bonheur de porter dans notre famille re-
« ligieuse le nom de sœurs des Saints-Cœurs de
« Jésus et de Marie ! Reconnaissons-nous bien in-
« dignes de le posséder ; mais il ne suffit pas d'a-
« voir cet honneur nous devons nous efforcer de
« nous en rendre moins indignes, et travailler avec
« ardeur à nous former sur ces divins modèles !
« Comme le bon Dieu sera content ! Son infinie
« bonté le portera à verser ses grâces et ses béné-
« dictions sur cette petite congrégation qu'il a ap-
« pelée avec amour à être la dernière de toutes.
    « Souvenons-nous bien, mes chères filles, que
« nous sommes de pauvres petites glaneuses qui
« entrent les dernières de toutes, à son service.
« Empressons-nous de recueillir les épis que les
« ouvrières de la première heure ont laissés pour
« nous.....

« Que la vertu de la divine charité éclate dans
« toutes vos paroles et dans toutes vos actions ! Sou-
« venez-vous qu'elle est la reine de toutes les ver-
« tus ! Oh ! qu'elle vous inspire un grand zèle et
« dévouement pour les petites enfants confiées à vos
« soins : C'est l'œuvre de l'apostolat que Dieu
« vous appelle à exercer auprès de ces petites âmes
« que son Cœur sacré aime tant. Si vous accom-
« plissez bien ce grand devoir, quelle belle et ad-
« mirable récompense vous obtiendrez !....

« Sans doute, vous aurez à souffrir, vous ver-
« rez apparaître devant vous bien des croix et con-
« tradictions ; à ces moments, offrez-vous bien géné-
« reusement à Notre-Seigneur, pour recevoir le
« don de son divin amour ; soyez heureuses d'a-
« voir ainsi plus de traits de ressemblance avec le
« divin modèle.

« Donc, mes chères filles, vous aussi, acceptez
« avec amour le calice qu'il vous offre ; buvez à
« longs traits jusqu'à la lie ; et, en cette lie, Jésus
« se réservera toute l'amertume pour vous laisser
« son goût céleste ; car, lorsqu'il offre à ses épouses
« bien aimées son adorable calice, sa charité le porte
« à se placer lui-même au fond, afin de se faire
« goûter par les âmes qui l'aiment..... Dévouez-
« vous donc entièrement, mes chères filles, aux
« œuvres de la divine charité ; et souvenez-vous
« en bien, pour remplir saintement cette obligation
« sacrée, méprisez vos propres intérêts : n'estimez

« pas votre vie plus chère que le salut de votre
« âme et celui de votre prochain ; priez et souffrez ;
« mais, quoi que vous fassiez, faites tout pour la
« plus grande gloire de Dieu. Ne vous attendez
« pas, mes bien chères filles, à recevoir de la part
« des créatures, pour prix de votre dévouement et
« de vos sacrifices, autre chose que des humiliations
« et des souffrances.

« Ces moments, je le sais, sont cruels pour la
« nature qui pourra parfois vous faire entendre
« ses cris déchirants ; mais, soyez insensibles,
« hâtez-vous aussitôt, mes chères filles, de sourire
« au cœur sacré de Jésus. Comme le disciple bien-
« aimé de Notre-Seigneur, vous aussi, jetez-vous
« sur son cœur adorable pour y prendre votre
« repos ; et là, suppliez votre époux bien-aimé de
« vous donner un désir très ardent de vous unir
« à son infinie majesté ; priez-le de vous faire
« entrer dans toutes ces dispositions divines pour
« exercer les œuvres de son amour sacré qui ne
« sont autres que celles de la pratique de la divine
« charité. Demandez donc à Notre-Seigneur un
« grand esprit d'abnégation et de dévouement. Ah !
« sans cet esprit, mes chères filles, vous ne répon-
« driez pas à la grâce de la sainte vocation à laquelle
« son infinie miséricorde vous a appelées ; et vous
« ne travailleriez pas à sa divine gloire !.... Je vous
« en supplie, mes chères et bien-aimées filles,
« suivez en tout la volonté de Dieu. Nous ne

« sommes que ses pauvres et petites servantes :
« tenons donc constamment nos regards fixés sur
« la main divine de notre adorable Maître, pour
« agir à son moindre signe, dût-il nous en coûter
« la vie ! Quelles que soient les œuvres que Dieu
« vous demandera de remplir, par la voix de la
« sainte obéissance, hâtez-vous promptement de
« vous y dévouer ; si Dieu vous appelle aux soins
« des enfants, à celui des pauvres vieillards ou des
« malades dans les paroisses, même aux soins de
« ceux qui seraient atteints de maladies conta-
« gieuses ; allez courageusement à votre devoir,
« sous la garde des très saints Cœurs de Jésus et
« de Marie. Ne craignez rien, mes chères filles,
« ces cœurs adorables prendront soin de vous. Si
« vous tenez compte de ces avis qui, je le crois,
« me sont dictés par la tendresse miséricordieuse
« de ces très saints et divins cœurs pour le bien de
« vos âmes, il vous sera donné, par ces cœurs ado-
« rables, de goûter la joie de ceux qui se sont
« efforcés d'être dociles à la voix de Notre-Seigneur
« en quittant tout pour le suivre..... »

Ah ! s'écrie la religieuse qui nous a conservé
ces ferventes exhortations, quand notre sainte
Mère fondatrice nous parlait ainsi, il nous semblait entendre le langage de Jésus lui-même.
Et nous nous sentions toutes disposées à mettre
en pratique les recommandations qu'elle nous
adressait au nom de Dieu dont elle nous parais-

sait l'organe inspiré. C'est avec de telles paroles tout enflammées de l'amour divin que la bonne Mère formait ses sœurs à la vie religieuse et leur inspirait l'amour des vertus dont elle-même donnait un si parfait exemple.

CHAPITRE VI

Vertus de la Mère Marie-Amélie.

Sa piété, harmonieux ensemble des vertus chrétiennes. — Esprit de foi et d'oraison. — Dévotions particulières : Le Saint-Sacrement et les Saints Cœurs de Jésus et de Marie. — Modestie ; humilité et simplicité ; pauvreté et mortification ; obéissance ; charité de la bonne Mère.

A l'exemple du divin Maître commençant par pratiquer les enseignements qu'il donnait à ses disciples, la mère Marie-Amélie était un modèle vivant des vertus qu'elle demandait et faisait naître dans ses filles.

Depuis longtemps elle s'appliquait à les traduire dans toute sa conduite. Mais, à mesure qu'elle avançait vers le terme, elle semblait les accumuler et les étendre, comme l'ouvrier fidèle qui, à la fin de sa journée, travaille avec une ardeur croissante pour achever sa tâche et lui donner tout le perfectionnement dont il est capable. Nous touchons au terme de cette vie pleine de mérites. Il est temps de jeter un coup d'œil d'ensemble sur les vertus admirables dont nous avons contemplé le développement dans l'âme sainte de la vénérable fondatrice.

La piété était en elle une harmonie, c'est-à-dire

la parfaite consonnance dans son âme de toutes les qualités chrétiennes, l'amour des choses saintes, et l'accomplissement de tous les devoirs. De même tout ce qui troublait cette harmonie était comme une note discordante dont souffrait la pureté du sens divin qui habitait en elle. Aussi ne pouvait-elle tolérer la légèreté des discours touchant la religion et l'Eglise — les contestations, les médisances et les calomnies — la dissimulation et le mensonge dont elle se tenait tellement éloignée qu'elle-même se rendait la justice d'avouer que jamais elle n'avait proféré sciemment une parole contraire à la vérité, fût-ce dans les choses les plus insignifiantes.

Toujours prête à excuser le prochain, elle ne permettait pas qu'on l'entretînt de ses défauts ou de ses vices, hors les cas où elle devait exercer la surveillance de son autorité. Encore dans ces moments, elle était remplie de mansuétude et de bonté. — La source de la vraie piété et des aimables qualités qui la distinguent, c'est l'esprit de foi, c'est la ferveur au service de Dieu, c'est l'amour pur et ardent pour le modèle et le soutien de toutes les saintes âmes, pour Notre-Seigneur Jésus-Christ; en un mot, c'est la religion qui attache d'abord l'âme à Dieu, et la pénètre de respect et d'amour pour tout ce qui rapporte au Seigneur. Telle fut la source de toutes les vertus de notre bonne Mère.

Son esprit de foi lui avait inspiré un sentiment très vif de la grandeur et de la majesté infinie, et l'avait conduite tout d'abord par les sentiers de la crainte de Dieu qui est le commencement de la sagesse. De là sa peur d'offenser le Seigneur, ses terreurs à la pensée de ses jugements, qui auraient facilement dégénéré en véritables scrupules, si la voix de l'obéissance, son grand bon sens, et surtout la main toute miséricordieuse de son divin Maître ne l'avaient soutenue.

La pratique de l'oraison qu'elle aimait tant, la méditation des amabilités de Jésus ne tardèrent pas à faire dominer dans son âme le sentiment de la confiance. C'est lui qu'elle s'appliquait à développer aussi dans le cœur de ses religieuses. Comme elle savait les engager ainsi à un entier abandon entre les mains de la bonne Providence ; et comme elle les encourageait au milieu des luttes et des épreuves par la pensée des félicités éternelles et ineffables qui couronneraient leurs combats ! Il faudrait lire et citer toutes les ardentes exhortations qu'on a conservées d'elle pour comprendre combien ces dispositions toutes surnaturelles étaient gravées dans son âme. On sent que ses paroles n'en sont que l'expression débordante. — Les religieuses en sont vivement impressionnées ; au feu de son visage, lorsqu'elle les entretient surtout de la douceur et des fruits de la sainte oraison, elles ne doutent pas que Dieu, durant les

longues heures passées en méditation, ait favori-
sé leur supérieure de lumières et de faveurs extraordinaires ; et elles l'écoutent comme un oracle
inspiré.

Toujours fervente dans la prière, même au milieu
du monde, la Mère Amélie fut en communauté une
âme toujours fidèle au saint exercice de l'oraison.
Elle le regardait, avec les maîtres spirituels, comme
le fondement nécessaire de la vie intérieure, et sans
cesse le recommandait à ses filles : « Ah ! mes
« chères filles, sans l'esprit d'oraison, que sommes-
« nous ? Hélas ! de pauvres religieuses sans vertu,
« sans vraie foi pour vivifier nos œuvres !... »

« Je vous le demande, qu'est-ce que la prière
« elle-même, soit publique, soit particulière, sans
« l'esprit d'oraison qui en est l'âme ?

« Rien autre chose qu'un vain bruit, un exer-
« cice d'habitude et de pure routine, un fond de
« distractions presque inévitables... Et même
« qu'est-ce enfin que la vie sans l'esprit d'oraison
« qui peut seul nous consoler de ses misères
« nous soutenir dans les épreuves, faire notre bon-
« heur dans la vie religieuse ? Ah ! n'est-ce pas
« l'esprit d'oraison qui enseigne le secret de mettre
« le temps à profit pour l'éternité, où il amasse, en-
« tasse, accumule sans cesse de nouveaux trésors
« que la rouille et le vers ne consument point. »

Son esprit de foi et sa délicatesse de conscience
lui faisaient attacher aussi une grande importance

14

à l'exercice de l'examen de conscience qu'elle pratiquait avec la plus scrupuleuse exactitude et qu'elle recommandait fortement à ses filles..... « Que penser, disait-elle, d'une religieuse, s'il pouvait y en avoir une, négligeant cet examen de chaque jour, ne se souciant point de l'état de son âme, et laissant ainsi les fautes s'accumuler sans y prendre garde ? Quelle justesse dans cette réflexion de la vénérée Mère ! La bonne foi est la sonde avec laquelle on a bientôt découvert ses manquements ; et ce qui échappe à la sonde par défaut de mémoire est du ressort de la divine miséricorde à laquelle il faut s'abandonner avec confiance. Mais il faut être fidèle à cet examen de conscience facile aux âmes qui font oraison.

Avec un si grand esprit de foi, on comprend aisément combien dut être vive la piété de la mère Fristel. Animée de la plus tendre dévotion, les meilleurs moments de sa vie étaient ceux qu'elle passait au pied de l'autel. Recueillie et absorbée en Dieu, elle semblait alors, en perdant la notion du temps, avoir un avant-goût des éternels ravissements. Et souvent, lorsque ses filles venaient l'appeler, pour vaquer à quelque service extérieur, elle s'étonnait d'apprendre que son heure d'adoration était passée, quand sa méditation lui paraissait avoir duré un instant.

Sa piété se manifestait encore par un culte plein d'amour et de confiance envers les chers patrons de

son asile : La très sainte Vierge, saint Joseph et
sainte Anne. Elle leur fit ériger des statues à trois
endroits différents de la propriété ; et chaque
jour, quelles que fussent la saison et la température, elle accomplissait un pieux pèlerinage à ces
trois stations ; et elle aimait à y conduire les sœurs
pendant les récréations, pour rendre un tribut
d'hommage aux célestes protecteurs de la famille,
et pour gagner les indulgences attachées, sur sa demande, à ces pieuses visites.

Mais elle professait pour les saints Cœurs de Jésus et de Marie un culte tout spécial : « C'était par
le cœur de Jésus, disait-elle, qu'il fallait tout demander, avec la certitude d'être exaucé. » Mainte
fois déjà dans ce récit, nous avons constaté par des
faits les réponses de ce divin Cœur à la confiance
de sa servante dévouée.

Nous avons déjà vu bien des preuves de sa dévotion ardente envers le sacré Cœur de Jésus. Elle
s'ingéniait de toutes façons à le faire honorer autour d'elle. Dès sa jeunesse, elle avait contracté
l'habitude de faire, en esprit de réparation, la
sainte communion le 1er vendredi de chaque mois,
jour consacré au Sacré Cœur.

Dans le même esprit, elle s'applique bientôt à
conserver une union plus intime avec le Cœur de
Jésus, tous les vendredis de l'année. En ce jour,
elle gardait un silence plus strict, récitait dans ses
allées et venues le petit chapelet du Sacré-Cœur ;

multipliait ses oraisons jaculatoires, et, dans la matinée, passait une heure en adoration à la chapelle. Les événements les plus importants de sa vie et de sa congrégation s'étaient, d'ailleurs, selon sa remarque, accomplis en ce jour. Dans les derniers temps de sa vie, comme sa mémoire étai tsujette à quelques défaillances, si elle avait une exhortation à adresser à ses sœurs, elle avait soin de se placer en face d'une image du Cœur de Marie, et l'invoquant mentalement : « Cœur immaculé, disait-elle, mettez dans le mien ce que ma bouche doit prononcer. » Après cette prière, sa mémoire et sa parole se retrouvaient aussi fermes que dans ses jeunes années.

Peu démonstrative et recherchant par dessus tout l'obscurité, elle aimait cependant ce qui contribuait à rehausser dans sa maison la dignité des cérémonies. Avec quelle joie reconnaissante elle accueillait le concours des personnes qui venaient relever dans sa modeste chapelle l'éclat du culte extérieur par le talent de la prédication, par les arts de la musique ou de l'ornementation.

Deux fêtes étaient surtout solennellement célébrées dans la communauté de Notre-Dame-des-Chênes : la fête du Saint-Sacrement, et la fête de saint Henri, patron de M. Lemarié, l'ancien propriétaire de la maison, et dont la supérieure se plaisait à consacrer la mémoire dans la vénération publique, comme le premier fondateur de l'hospice. Henri, le saint empereur, lui aussi, avait fondé des monastères.

Ce n'est jamais sans une profonde émotion, raconte M. Pomphily dans sa charmante notice, que
nous avons assisté, dans l'enclos de Notre-Dame-des-
Chênes, à la procession de la Fête-Dieu. Des religieuses aux longs voiles, des enfants vêtus de robes
blanches, un petit nombre de prêtres, voilà tout le
cortège. Le dais qui abrite la divine Hostie n'est es-
corté ni par des troupes brillantes, ni par les puissants du monde. Mais, sur son passage à travers les
fleurs du jardin rustique, et dans les sentiers des
champs cultivés, s'agenouillent les pauvres qui trouvent, dans ce champêtre et religieux asile, le repos
des soleils qui se couchent et l'espoir de l'aurore qui
va poindre aux horizons éternels. Ils remercient,
ils bénissent, ils implorent ! — A côté d'eux, vieux
moissonneurs aux têtes blanchies, les blés verts
inclinent leurs épis naissants devant le pur fro-
ment descendu du ciel. Et lorsque les hymnes se
taisent, lorsque du haut de l'autel de gazon, la bénédiction du Dieu trois fois saint s'épand sur les
germes des sillons et sur la prière des âmes, parfois
un chant d'oiseau, caché dans la feuillée, s'échappe
dans l'air comme une note détachée de l'hosanna
chanté par le chœur de la création, comme un harmonieux répons du cantique du prophète : Oiseaux
du ciel, et germes de la terre, bénissez le seigneur !

Benedicite, universa germinantia in terrâ, Domino.
Benedicite omnes volucres cæli Domino !

Le merveilleux assemblage des vertus de la religieuse formait la couronne de la sainte supérieure : la modestie qui fait les vierges ; — l'humilité qui inspire l'abnégation ; l'esprit de pauvreté et de mortification qui apprend à se détacher de tout et à crucifier la chair ; — l'obéissance qui sacrifie la volonté propre ; — et la charité royale qui couronne toutes les vertus.

Celles-là seules qui ont vécu dans son intimité ont connu les soins délicats qu'elle mettait à pratiquer et à faire respecter la pureté, la sainte vertu, ainsi qu'elle l'appelait.

On aurait pu dire d'elle à ce sujet ce que le poète applique à l'amitié :

> Un songe, un rien, tout lui fait peur
> Quand il s'agit de ce qu'il aime.

Elle serait morte de chagrin si un scandale contre les mœurs se fût produit dans la famille confiée à sa direction.

L'humilité est la vertu fondamentale de toute vie chrétienne ; à plus forte raison doit-elle être la base de la perfection religieuse. Elle est une des leçons principales que nous donne le Cœur de Jésus : Apprenez de moi, dit Notre-Seigneur, que je suis doux et humble de cœur. Fidèle à la recommandation de ce cœur divin, son refuge et son modèle, la Mère Amélie était en toutes circonstances d'une humilité et d'une simplicité extrême. Elle ne pou-

vait souffrir qu'on lui donnât le titre de supérieure
générale. Plusieurs de ses filles l'ayant employé
pour lui adresser leurs lettres, elle en fut mécon-
tente et le leur interdit. Elle ne voulait pas le
prendre quand elle signait des pièces. On dut l'y
obliger, en lui disant que c'était parfois indispensable.

La dernière place partout était celle qu'elle pré-
férait. Pleine de déférence pour les sœurs des autres
Congrégations, elle les faisait toujours, quand l'occasion se présentait, passer avant elle et ses religieuses.

Si on louait devant elle les œuvres qu'elle avait
faites, elle était mal à l'aise, et se défendait des
éloges, tentation de vanité qu'elle s'empressait d'é-
carter. « Pauvres enfants que nous sommes, disait-
« elle souvent à ses filles, nous sommes les der-
« nières venues, nous sommes nées d'hier, com-
« ment pourrions-nous croire à notre importance ? »

Bien plus, si l'écho d'une détraction, d'une cri-
tique contre elle ou contre la maison parvenait à
son oreille, loin de s'en offenser, elle s'en réjouis-
sait plutôt : — « Si nous obtenions les louanges du
« monde, disait-elle, nous serions exposées à nous
« enorgueillir. Bénissons Dieu qui nous maintient
« dans l'abaissement qui nous convient, et prions-
« le pour les pauvres personnes qui n'ont pas l'in-
« tention de nous nuire, et dont les propos servent,
« au contraire, à éprouver notre humilité. »

La simplicité chrétienne est l'aimable sœur de l'humilité : elle éclatait dans toute la personne et la conduite de la bonne Mère. Une jeune postulante, entrant pour la première fois à la Communauté, et reçue par la Mère Marie-Amélie, demandait, après une conversation assez longue avec elle, la faveur d'entretenir un instant la supérieure générale.

Elle ne s'était pas doutée qu'elle lui parlait depuis une demi-heure, tant la simplicité de la Mère voilait aux regards l'autorité dont elle était revêtue.

Un jour, une religieuse, dans un écart de langage, se permit de lui dire : — « Notre bonne mère, il faut avouer que vous êtes aussi par trop simple ! » — « Ah ! ma fille, répondit-elle, je ne le serai jamais assez. Que je souffrirais si mes filles cessaient de l'être ! »

Nous avons eu l'occasion de dire ailleurs comment cette simplicité, que le monde ne comprend pas, l'avait fait refuser, pour sa Congrégation, des jeunes filles dont les brillants talents extérieurs lui paraissaient peu en rapport avec la petitesse de sa famille spirituelle. — Écoutons enfin l'appréciation de Mgr Maupoint, évêque de Saint-Denis, qui connaissait si bien la Mère Amélie.

Il lui écrivait en 1861, faisant allusion aux résistances qu'il avait trouvées d'abord dans la supérieure de l'asile qui ne pouvait se résoudre à se mettre

en évidence en devenant fondatrice d'une Congrégation. — « Le bon Dieu vous bénit, je l'avais
« prévu, parce que j'avais vu en vous beaucoup de
« simplicité et d'humilité. Je n'ai jamais désespéré
« de la bonté de votre cœur, ni de votre obéissance
« aux désirs de votre supérieur. Je vous voyais
« un peu rétive ; ce n'était pas par orgueil, c'était
« par excès d'humilité. Vous vous croyiez trop
« avancée en âge pour servir d'instrument à la
« volonté de Dieu. Vous vous rejetiez sur votre
« incapacité prétendue. Enfin, que sais-je ? vous
« ne vouliez pas marcher. A la fin, vous avez cédé.
« Vous vous êtes remise entièrement entre les
« mains de Dieu. Nous avons combattu, chère
« Mère, vous le savez ; vous avez été vaincue......
« mais c'est précisément parce que vous vous êtes
« laissée vaincre que vous avez été victorieuse de
« vous-même, victorieuse des obstacles sérieux que
« vous avez eu à surmonter, victorieuse du dé-
« mon ! Vous avez marché de victoire en victoire,
« et voilà pourquoi vous avez maintenant plus de
« 20 établissements..... etc. »

Dans une autre lettre adressée de Saint-Denis le
19 février 1866, quelques mois avant la mort de
l'humble fondatrice, le pieux prélat revenait sur
les mêmes idées : « Savez-vous pourquoi le bon
« Dieu vous a bénies, ma chère mère, vous et votre
« sainte Communauté ? Parce que vous avez été
« humbles aux yeux de Dieu et aux vôtres. Pour-

« quoi la sainte Vierge a-t-elle été si exaltée en
« grâce et en gloire ? Elle nous l'apprend dans le
« magnifique cantique qu'elle a prononcé, lorsque
« sa cousine, sainte Elisabeth, la salua pour la pre-
« mière fois du titre de Mère de Dieu. C'est parce
« que Dieu avait abaissé ses regards sur son hu-
« milité prodigieuse. Si elle a trouvé dans cette
« humilité le secret de sa grandeur, elle l'a laissé
« aussi, ce secret divin, à toutes les filles de l'Israël
« nouveau qui ont voulu marcher à sa suite dans
« la voie de la virginité et des bonnes œuvres. De-
« puis elle jusqu'à nous, plus les communautés
« de vierges chrétiennes ont été humbles, plus elles
« ont été florissantes. »

L'esprit de pauvreté et de mortification fut en
elle le fruit de son admirable humilité.

Avant d'être liée par le vœu de pauvreté, Mᶫᶫᵉ
Fristel s'en était imposé la loi volontaire. Tout su-
perflu était retranché dans sa nourriture et dans
ses vêtements ; on la vit porter pendant vingt-cinq
ans le même manteau. La femme la plus humble
eût dédaigné le chapeau noir et sans ornements dont
elle se couvrait la tête. Sainte épargne, vous alliez
grossir ses aumônes !

Quand elle fut entrée en religion, la mère Marie-
Amélie n'eut presque rien à changer à son genre
de vie. Son habit de religieuse était à peine plus
pauvre que son costume du monde. Elle le portait
jusqu'à la dernière usure, toujours propre, mais

attestant ses longs services par de nombreux ra-
piècements. Sagement économe des deniers du
pauvre, elle voulait néanmoins que sa maison fût
convenablement tenue. Elle-même, avec la diligence
d'une bonne mère de famille, veillait aux besoins
du vestiaire de ses compagnes.

Quelque frugale que fût la table de la communauté,
elle trouvait le moyen de s'imposer des privations
pendant le repas en les dissimulant le plus qu'elle
pouvait. Elle ne mangeait que d'un mets, toujours
de celui qui plaisait le moins à ses goûts et sans
aucun assaisonnement. Lorsqu'on lui en faisait l'observation : « Il est vrai, répondait-elle, jadis je me
montrais plus délicate ; maintenant je me suis habituée à manger de tout indifféremment ; je ne
m'en porte que mieux. »

Pendant plusieurs années, elle défendit d'allumer du feu dans sa chambre, même par le froid le
plus rigoureux. Parfois on éludait cette défense
par un moyen terme ; et, la bonne Mère souffrant
de quelque rhume, on cachait sous ses couvertures
une bouteille d'eau chaude ; alors elle se levait et
allait doucement la placer dans le lit d'une autre
religieuse qui, pensait-elle, devait être plus sensible
au froid qu'elle-même.

Son lit à elle se composait d'un simple matelas
fort mince, posé sur une couchette tellement
étroite que plus d'une fois il lui arriva de tomber
à terre pendant son sommeil.

Poussant à l'excès les attentions pour les autres,
elle eût été désolée de troubler le repos de ses
sœurs. Lorsqu'elle se sentait incommodée la nuit
elle n'appelait personne ; elle se levait pour se
rendre les services qui lui étaient nécessaires. Si on
lui en faisait des reproches : « Que j'aurais du re-
« gret, mes chères filles, de vous empêcher de dor-
« mir ! Puis j'ai plaisir à me lever ; je me mets à la
« fenêtre ; je vois, dans la chapelle, la lampe bril-
« ler devant le Saint-Sacrement, et je suis conso-
« lée ». — Cette lumière, en effet, n'était-elle pas
l'image de celle que vous portiez, ô vierge sage,
au sanctuaire de votre âme, en attendant, au soir
de votre vie, la venue du céleste époux ?

Dans le monde, la sainte fille s'était montrée
obéissante et soumise ; sa Mère lui reprochait de
pousser cette disposition à l'excès. Dans la vie religieuse, cette vertu d'obéissance ne fit que s'accroître. Elle la pratiquait constamment à l'égard
de ses supérieurs et de la règle, comme à l'égard
de ses filles elles-mêmes. Elle ne comprenait l'o-
béissance qu'à la condition d'être libre et sponta-
née, comme l'amour dont elle est la fille. Elle ne
pouvait concevoir que l'on cherchât à s'excuser,
lorsqu'on était repris, même à tort. C'est ainsi
qu'elle inculquait à ses religieuses le précepte de
la soumission et du respect, ne leur parlant jamais
sur le ton du commandement, et leur donnant
l'exemple de la déférence aux volontés d'autrui.

Dans ses rapports avec les vieillards de l'hospice, elle les traitait, quelque observation qu'elle eût à leur faire, avec la même considération affectueuse.

Lorsque sa santé commença à décliner, comme elle oubliait fréquemment les précautions qui lui étaient recommandées, on avait placé près d'elle une religieuse chargée de l'avertir. Docile comme un enfant, elle se laissait conduire par cette bonne sœur beaucoup plus humiliée que sa supérieure du rôle autoritaire qu'elle avait à remplir.

Quant à la charité de la Mère Amélie, nous l'avons vue en exercice tout le long de ce récit. Cette reine des vertus était assurément sa vertu de prédilection.

Elle n'avait pas seulement porté la bonne Mère à toutes les œuvres de bienfaisance que nous avons eu à mentionner ; elle ne l'avait pas seulement mise dans cette disposition habituelle de toujours chercher à rendre quelque service au prochain ; mais, chose souvent plus difficile et moins commune, elle lui faisait éviter dans ses paroles et sa conduite tout ce qui aurait pu faire de la peine à autrui. Dans le monde, elle avait en horreur les contestations, elle aimait mieux céder malgré ses justes raisons de faire valoir ses droits. Sa mère avait prêté la somme de 4800 fr. Le débiteur ne voulant pas convenir de cette dette après la mort de Mᵐᵉ Fristel, Amélie refusa de plaider pour recouvrer cette somme importante : il lui répugnait de faire

un procès, et elle avait peur que le débiteur ne fît
un faux serment. Et pourtant, elle avait entre les
mains le billet de créance que l'on a retrouvé dans
ses papiers.

Elle ne pouvait souffrir qu'on parlât mal de
quelqu'un devant elle ; elle s'empressait de prendre
le parti de l'absent ; lorsqu'elle ne pouvait justifier
l'action, elle excusait l'intention.

Quelquefois elle disait à ses filles que ce qui la
contrariait le plus dans ses rapports fréquents et
nécessaires avec le monde, c'était d'entendre si
souvent manquer à la charité. C'était un vrai
supplice pour elle, se croyant complice des médi-
sants, et quand, par respect pour les personnes, elle
n'avait pu les contredire, elle s'est privée plus
d'une fois de la sainte Communion pour se punir
de ce qu'elle appelait une faiblesse.

Nous avons déjà cité plusieurs exemples de sa
patience et de sa douceur en face des injures et des
accusations injustes dont elle fut parfois l'objet.
Les pauvres de l'asile, dont le caractère était le plus
maussade, étaient ceux qu'elle se plaisait à traiter le
plus maternellement. Cependant elle savait au
besoin montrer la fermeté nécessaire, mais toujours
tempérée par l'indulgence.

Un vieillard avait souvent commis des manquements graves à la discipline de la maison. Il lui
était fréquemment arrivé, lorsqu'il obtenait des
permissions de sortie, de rentrer à l'hospice dans

un triste état. Il fut renvoyé. Le soir, il se glissa dans l'enclos et passa la nuit sous un hangar, ne pouvant plus reprendre au dortoir la place accoutumée. La bonne supérieure, émue de pitié par cette supplication muette, fit inviter ses camarades à lui porter ses repas en cachette comme s'ils eussent été prélevés furtivement sur la pitance commune. Jugeant le délit suffisamment expié par cet exil d'un jour, elle reçut en grâce le coupable. La leçon porta ses fruits ; on n'eut plus à reprocher pareille faute au pécheur, converti autant par le pardon que par le châtiment.

Elle disait à ses religieuses que la vraie charité nous fait nous oublier complètement pour faire plaisir aux autres. Comme elle sut mettre l'avis en pratique ! Toujours égale, toujours aimable et remplie de courtoisie pour tous, elle recevait gracieusement à toute heure les personnes de la maison ou du dehors qui allaient vers elle souvent pour des motifs assez futiles. Malgré son besoin de repos, après les occupations de la journée, c'était avec la même sérénité qu'elle accueillait de nouveaux survenants.

Monter et descendre l'escalier qui conduisait à sa chambre était devenu pour elle une fatigue dans les derniers temps de sa vie ; quelquefois à peine remontée, on l'appelait au parloir ou dans les salles. Loin de se plaindre de ces dérangements, la bonne mère disait avec le ton d'une aimable plaisanterie. « Les autres pensent que l'exercice m'est nécessaire

« allons ! il faut croire qu'ils savent mieux que
« moi ce qui m'est bon. »

Oubliant les embarras, les contrariétés et les
fatigues de son administration, comme elle savait
égayer par de douces et fines causeries, les récréations des jeunes sœurs ! Et lorsque celles-ci se
laissaient aller à une joie trop expansive, et que
les plus âgées voulaient la réprimer, craignant que
le bruit n'incommodât la supérieure sujette à de
violentes migraines : — « Non, non, disait-elle,
laissez-les donc rire ; je serais bien fâchée de les
voir se contraindre à cause de moi. »

L'escalier des chambres des religieuses n'était
séparé de son lit que par une cloison de bois. Le
bruit des sabots dans l'hiver la troublait lorsque,
parfois indisposée, elle cherchait à prendre du repos. Cependant, elle ne voulut jamais permettre que
les sœurs quittassent leurs sabots au bas de la rampe ;
elle craignait que le froid aux pieds ne leur causât
quelque incommodité.

Peut-être nous sommes-nous un peu étendu, au
risque de nous répéter, sur les vertus de la bonne
Mère. Cependant nous ne pouvons le regretter,
persuadé que ce tableau d'ensemble fera mieux
connaître la belle figure de la vénérable fondatrice
et permettra à ses bonnes religieuses d'admirer
avec joie pour essayer de les reproduire en leur
vie, les traits principaux de celle qui fut leur mère
tant aimée et qui reste leur meilleur modèle.

Mère MARIE-THÉRÈSE
Nièce et Successeur de Mère Marie-Amélie
Supérieure Générale de 1866 à 1883
Décédée Assistante, le 13 novembre 1889.

CHAPITRE VII

Dernières années et mort de la mère Marie-Amélie.

(1860-1866)

Dévouement de M. Bessaiche et encouragements de Mgr Saint-Marc. — Attachement de Mgr Maupoint à la personne et à l'œuvre de Marie-Amélie ; — Dernière visite du prélat à N.-D. des Chênes (1863). — Testament de la bonne Mère. — Travaux divers de constructions. — Secours providentiels. — Maison Navier. — Pressentiments de mort prochaine. — Soudaine attaque. — Derniers moments et mort de la vertueuse mère, le 14 octobre 1866.

Sous l'influence des vertus de la bonne Mère, et l'habile direction du supérieur, M. l'abbé Bessaiche, la Congrégation se développait. En 1860, elle comptait déjà 20 écoles fondées. Toutes les paroisses qui avaient le bonheur de posséder des religieuses de Paramé n'avaient qu'à s'en féliciter. Les recteurs louaient leur bon esprit, leur piété, et leur talent d'institutrices. M. Bessaiche avait établi à Notre-Dame des Chênes des examens pour s'assurer du degré d'instruction de celles qui étaient envoyées en paroisses, et ne ménageant ni son temps, ni sa peine, il venait les présider régulièrement ; parfois, il se fai-

15

sait lui-même le maître des sœurs enseignantes, et
leur donnait des leçons pendant ses séjours à la
Communauté à l'époque des retraites durant les
vacances scolaires. — Dans ses tournées pastorales,
Mgr Saint-Marc constatait le bien produit par les
sœurs des Petites-Ecoles, entendait les éloges qu'on
lui en faisait, et répétait souvent : Celles-là ce sont
mes filles, c'est moi qui les ai fondées, je les aime
beaucoup! et il encourageait les recteurs à les demander pour être leurs auxiliaires !

Dans une visite nouvelle qu'il fit à l'asile en 1861,
il remercia les religieuses de leur zèle, et les forti-
fia par ses bonnes paroles. Il voulut encore témoigner sa reconnaissance et sa vénération pour la
Mère Supérieure d'une manière toute spéciale.
Il lui fit cadeau d'une grande médaille de Pie IX
renfermée dans un étui de maroquin rouge, et lui
serra la main en se recommandant à ses prières.
L'humble mère fut toute troublée de cette attention ;
de peur qu'on ne l'en estimât davantage, elle ne
montra jamais le présent de Sa Grandeur et finit par
le donner pour le faire disparaître ; et lorsque les
sœurs voulaient lui parler de ces témoignages honorables, elle changeait aussitôt la conversation.

Cependant, tous ceux qui approchaient de la
Mère Amélie ne pouvaient s'empêcher de subir
bientôt l'ascendant de ses vertus, et s'empressaient
de le lui montrer à l'occasion. Nous en trouvons
encore une preuve dans la visite que Mgr Maupoint

tint à lui faire lors de son voyage en France en 1863.
De sa mission lointaine, le pieux prélat avait continué
à correspondre avec la bonne Mère, et à marquer par
des conseils affectueux tout l'intérêt qu'il portait
toujours à ses chères filles de Notre-Dame des
Chênes : « Si la distance n'a pas refroidi les cœurs
« des enfants vis-à-vis de leur père, lui écrivait-il
« en février 1862, croyez bien qu'elle a encore
« bien moins refroidi le cœur du Père vis-à-vis
« des enfants. Et comme la grâce améliore et
« perfectionne la nature, il s'en suit que les atta-
« chements spirituels sont encore plus forts et
« plus durables que les affections purement hu-
« maines. Que le Seigneur soit mille fois béni des
« prospérités qu'il répand sur votre cher établisse-
« ment. Vous vivez sur un sol fécond en dévoue-
« ment religieux ; vous trouverez donc toujours
« des novices pour vous recruter, vous faites donc
« bien d'être difficile maintenant pour leur ré-
« ception etc. »

Venu à Angers pour la mort de sa mère, Mgr
Maupoint annonce à M. Pâris qu'il va enfin réaliser l'un de ses meilleurs désirs, en passant deux
jours à la communauté.

Quelle joie pour la bonne Mère Amélie qui ne
comptait plus le revoir ! et comme elle remercia
le bon Dieu de la consolation qui lui était accordée
avant de mourir !

Ce fut une grande fête pour toute la maison

de Notre-Dame des Chênes qui en garda longtemps
le doux souvenir. Quant à l'excellent évêque et à la
Mère Amélie, ils ne purent retenir leurs larmes, larmes de bonheur à l'arrivée du prélat, larmes de tristesse et de regrets au moment de la séparation. Sa
Grandeur promit de revenir dans quelques années ;
mais la bonne Mère lui donna rendez-vous au ciel.
Trois ans après, en effet, elle quittait cette terre,
et, en 1871, au retour du Concile du Vatican, Mᵍʳ
Maupoint allait la rejoindre. L'éloge funèbre de
l'évêque défunt prononcé dans la cathédrale de
Saint-Denis par le R. P. Etcheverry, de la Com-
pagnie de Jésus, conservé dans les archives de la
Congrégation des SS. Cœurs de Paramé, fut un
écho fidèle des vifs regrets que laissait après lui le
vertueux prélat dans le cœur de ses diocésains et
de tous ceux qui l'avaient connu. Sa mémoire sera
toujours en bénédiction dans l'institut dont il avait
été le père et le protecteur zélé.

La précieuse visite de Mᵍʳ Maupoint fut une des
meilleures consolations des dernières années de la
Mère Amélie. Car elle était persuadée qu'elle n'a-
vait plus que peu de temps à vivre. En 1864, survint
la mort de M. l'abbé Rosty, son ancien directeur,
que plusieurs fois elle avait fait venir de Saint-Briac
pour prêcher des retraites à Notre-Dame des Chênes.
Ce fut un coup douloureux pour l'âme si aimante
et si reconnaissante de la bonne Mère ! — Et de
plus en plus, elle parlait de sa fin prochaine. —

Toutefois elle ne se relâchait en rien de son activité et de son dévouement au service de ses chers vieillards et de sa famille spirituelle qui grandissait de jour en jour. De bonne heure, pour ne pas être surprise par la mort, et ne plus être préoccupée du souci de ses affaires personnelles au point de vue matériel, elle avait fait son testament que nous avons retrouvé écrit de sa main à la date du 13 avril 1860.

Par cet acte, elle constituait sa nièce, Léocadie Fristel, en religion, sœur Marie-Thérèse, sa légataire universelle, et priait M. Victor Pomphily et M. Malo Gilbert de veiller à l'exécution dudit testament. Après avoir distribué quelques biens de familles à ses neveux et nièces, sans oublier une ancienne domestique de sa mère, Marie Lefrançois, à qui elle faisait donner une rente annuelle et viagère de cent francs, elle laissait plusieurs immeubles à la Communauté des Saints Cœurs de Jésus et Marie.

D'autre part, la question du legs Lemarié pour assurer l'existence de l'asile avait été, nous l'avons vu, bien réglée au moment de la reconnaissance légale de la nouvelle société.

Tranquille de ce côté, la mère Amélie était tout entière à son œuvre. Sans doute la formation religieuse des postulantes qui arrivaient, la bonne direction spirituelle à maintenir par correspondance chez les sœurs de paroisses qui lui écrivaient, avaient la première place dans ses préoccupations de fondatrice et de supérieure. Mais l'aumônier si pieux et si dévoué de la Communauté, M. Pâris, la maîtresse des novices, sœur Marie-Thérèse, si affectionnée à sa vénérable tante et à son œuvre, la secondaient de tous leurs efforts.

Tous les deux, malgré une santé bien affaiblie, ne calculaient jamais avec leurs forces pour les voyages fatigants que nécessitaient la visite annuelle des écoles, et l'installation des sœurs dans les nouvelles fondations. Quant à la mère Amélie, demeurant toujours aux Chênes, elle était vraiment l'âme de toute la maison : C'est elle qui prenait même la direction immédiate des novices en l'absence de sœur Marie-Thérèse. Les religieuses de cette époque parlent encore avec un saint enthousiasme des ardentes paroles qu'elle leur adressait pour les exciter à la piété et à la perfection..... toutefois elle n'avait garde de négliger le côté matériel de son établissement.

Les vieillards étaient nombreux : il fallait bien aménager et agrandir l'ancienne habitation de M. Lemarié.

Les améliorations et les constructions ne pouvaient se faire que lentement et graduellement à cause de la modicité des ressources dont l'on pouvait disposer. Aussi la Supérieure de l'asile se voit souvent obligée de s'occuper de ces travaux successifs, mais toujours d'après les avis et la direction du supérieur, M. Bessaiche. Après la nouvelle chapelle, ce fut la prolongation, puis l'élévation des vieilles demeures pour loger plus convenablement les vieillards, enfin, la dernière année même de sa vie, une construction plus importante dont nous aurons bientôt à dire l'origine toute providentielle.

Du reste, à chaque pas en avant, la Providence se chargeait de mettre la marque divine sur l'œuvre par une intervention extraordinaire, semblable à celles que nous avons eu plusieurs fois l'occasion de constater dans la suite des événements déjà racontés. — C'est ainsi que, dans le cours de l'année 1861, la bonne Mère ne sachant comment rembourser une dette de mille francs, se décide à mettre en vente un petit champ appartenant à l'établissement. C'était la première fois qu'elle se trouvait en pareille nécessité. Elle regrettait d'avoir fait cette démarche et priait saint Joseph, son avocat dans les situations désespérées, de la tirer de ce mauvais pas. Sur ces entrefaites, une postulante sollicite la permission d'aller à Saint-Malo pour affaire urgente. La Supérieure la charge de demander au notaire où il en est de la question qui la concerne. La postulante apprenant de quoi il s'agit, le prie d'arrêter la vente, et revient dire à la bonne mère qu'elle se charge elle-même de fournir les 1000 francs, à condition que personne n'en ait connaissance. Saint Joseph avait tout réglé pour le mieux ; et la supérieure est morte avec la consolation de n'avoir point diminué, et d'avoir augmenté plutôt le patrimoine légué aux pauvres par M. Lemarié.

En 1864, vers la fin d'une construction, elle devait près de 1000 francs à l'entrepreneur, et la maison n'était pas encore couverte. Elle allait être réduite à emprunter ; mais elle s'adressa d'abord à son pourvoyeur ordinaire, le bon saint Joseph dont elle avait la statue dans sa chambre. Et bientôt elle apprend qu'une somme de 1500 francs vient de lui être léguée par un mourant, M. Lachambre.

Une autre fois, après avoir fait la balance des recettes et dépenses à la fin d'une année, elle constate un déficit de 300 francs. Son inquiétude l'empêcha de dormir ; et le lendemain matin, sur son prie-Dieu, elle trouve exactement la somme qui manquait, sans avoir jamais pu savoir qui l'y avait déposée. Elle remercia encore son bon saint Joseph qu'elle regardait comme l'instrument de la Providence pour accomplir ces prodiges en sa faveur.

Nous ne voulons pas affirmer absolument le caractère surnaturel de ces faits, mais nous devons les relater tels qu'ils se sont passés d'après les confidences mêmes de la supérieure reconnaissante ou d'après les récits des personnes qui en furent émerveillées.

L'action providentielle n'apparaît-elle pas encore dans la construction qui occupa la dernière année de la vie de notre bonne Mère Amélie ?

Elle se sentait pressée du désir d'agrandir l'établissement de Notre-Dame des Chênes : le nouveau bâtiment lui permettrait surtout de loger séparément les hommes ; mais, où trouver les ressources nécessaires ? « Et pourtant, dit-elle à une de ses religieuses, je me rappelle sans cesse les paroles du saint prêtre qui m'a annoncé que la Communauté s'étendrait ; j'ai tout préparé dans mon esprit, le plan de la maison à édifier. Je crains d'avoir déjà trop tardé à l'exécuter, et d'avoir montré ainsi de la défiance vis-à-vis de Dieu. »

A cette époque, elle venait de recevoir comme pensionnaire une vieille demoiselle, qui devint tout à coup l'instrument de la Providence pour subvenir aux frais de la construction projetée.

Mlle Jenny Navier, née à Nantes, était venue à Saint-Malo dans ses jeunes années et avait continué à demeurer dans cette dernière ville. Parfois elle passait quelque temps à Paramé chez ses tantes, Mlles Compagnon. Plus tard, elle s'y fixa tout à fait. Elle n'avait plus de famille dans le pays et se voyait réduite à vivre à l'aide d'une rente viagère de trois cents francs que lui assurait un frère qui habitait Brunoy, près Paris.

Comme elle avançait en âge, sans voir ses ressources augmenter, elle demanda à la Mère Amélie de se retirer dans son établissement. Celle-ci l'accepte avec la plus grande charité, toujours heureuse de rendre service, toute joyeuse même d'accomplir une bonne œuvre. Mlle Navier n'était que depuis quelques mois à Notre-Dame des Chênes lorsque son frère mourut, laissant un testament dont les dispositions lui étaient contraires. Mais l'acte n'était point en règle, et un habile avocat de Saint-Malo obtint une transaction en faveur de la vieille demoiselle qui se trouva en possession d'une belle somme à laquelle elle ne s'attendait plus. Pénétrée de reconnaissance pour la Mère Amélie qui l'avait reçue dans sa pauvreté, elle proposa à celle-ci de subvenir aux frais d'une construction nouvelle. L'offrande venait à point pour le projet de la bonne Mère qui ne songea plus qu'à entrer dans les intentions de la donatrice ; et, suivant les désirs de celle-ci, le premier jour du mois de Marie, fut posée la première pierre de la maison importante qui relia les deux ailes parallèles des anciennes habitations, et qui porte encore le nom de la généreuse bienfaitrice.

Jusqu'à la fin, la Mère Amélie voyait exaucés ses vœux et ses prières : Sa confiance dans la Providence et dans les saints Cœurs de Jésus et de Marie, une fois de plus, n'avait pas été trompée.

On raconte que, pendant ces travaux, elle disait aux sœurs : Comme je suis contente pour nos vieillards de voir réalisés mes derniers desseins ; mais, après moi, vous en verrez bien d'autres ! Que de constructions vous verrez ici, disait-elle, en montrant l'emplacement où se trouve la splendide chapelle et tout le corps de bâtiments que nous pouvons admirer actuellement.

Que le Seigneur est bon pour ceux qui l'aiment et le servent fidèlement ! Avant de ravir à son œuvre la vénérable fondatrice pour lui accorder la suprême récompense, il semble vouloir lui donner une dernière consolation terrestre après tant de peines et de labeurs : la vue de cette œuvre déjà affermie, comme la vision d'un avenir prochain où elle se développerait encore. Et maintenant des voix intérieures l'avertissent que le céleste époux de son âme approche : Ecce sponsus venit ! Vierge sage, elle entretient avec soin au sanctuaire de son cœur le feu de l'amour divin. Elle avait toujours été d'une grande délicatesse de conscience ; elle redouble encore de précautions. On la voyait réitérer fréquemment ses confessions : je n'ai plus un an, disait-elle, à me préparer à la mort ; elle viendra subitement. Il faut que je garde en paix ma conscience. L'heure de la délivrance allait sonner ; mais c'est aussi l'heure de la séparation. Elle éprouve comme le besoin, tellement son cœur était bon, de témoigner alors une tendresse plus débordante pour ses chères filles, pour sa nièce tant aimée, sœur Marie-Thérèse, et pour les membres de sa famille ; sa vue a tellement baissé qu'elle ne peut leur écrire elle-même, mais elle ajoute ordinairement quelques mots de sa main, et ce ne sont que termes affectueux et gages d'une sollicitude toute maternelle.

Chaque année, les sœurs lui souhaitaient sa fête. C'était, pour tout le personnel de l'asile, un joyeux anniversaire dans lequel la mère Marie-Amélie n'était ni la moins heureuse ni la moins gaie des habitants de la communauté. Dans l'année de sa mort, on avait redoublé d'entrain. Elle ne paraissait pas y prendre le même intérêt.. « Il est vrai, disait-elle, « que jamais je n'ai été mieux fêtée ; mais c'est pour « la dernière fois. »

A la fin des vacances de 1866, lorsque les religieuses institutrices, retournant à leurs obédiences, vinrent lui faire leurs adieux, elle dit à plusieurs d'entre elles qu'elle ne les reverrait plus.

A peu près à la même époque, elle refusa de renouveler le bail d'un fermier de l'hospice, alléguant que la supérieure qui allait prochainement lui succéder verrait quels arrangements elle aurait à prendre. Enfin, le jour même qu'elle fut frappée, étant dans son enclos avec une religieuse et une jeune anglaise qui était venue la visiter, elle poussa la promenade jusque vis-à-vis du cimetière de la commune : « Voilà, dit-elle, où je serai bientôt ! »

Cependant rien ne faisait redouter à ceux qui l'entouraient l'accomplissement prochain de ses tristes présages. Il est vrai que depuis deux ans la mère Marie-Amélie avait éprouvé trois atteintes de congestion qui avaient un peu alourdi sa marche et légèrement affaibli sa mémoire, sans lui faire rien perdre de son intelligence ; mais sa santé paraissait

raffermie ; les craintes se dissipaient, on se félicitait,
on se berçait de l'espérance de conserver pendant
de longues années cet exemple vivant et bien aimé
de toutes les vertus qui font les saints. Cet espoir
était trompeur ; comme tous ceux de la terre, il
était l'ombre du bonheur rêvé qui passe en nous
avertissant de lever les yeux en haut, vers l'indéfec-
tible lumière qui demeure sans nuage et sans éclipse.

Le 8 octobre 1866, à onze heures de la nuit, le
mal vint fondre sur la Mère Amélie : c'était une
attaque d'apoplexie. Elle perdit aussitôt la parole
et ne la recouvra plus. — Prévenu immédiatement
par Monsieur l'aumônier, le supérieur, M. Bessaiche, écrit à la nièce de la malade, sœur Marie-
Thérèse : « Je reçois à l'instant la lettre de M. Pâris
« qui m'annonce le coup qui vient de frapper votre
« bonne et respectable Mère. Je me hâte de vous
« faire part de mes sentiments pour cette bonne
« Mère et pour vous. Je comprends la perte que
« ferait la petite famille religieuse qu'elle a fondée,
« si elle venait à perdre cette excellente mère. Je
« sens aussi bien vivement toute la peine que vous
« éprouvez, et toutes les inquiétudes que l'avenir
« vous inspire. Il ne faut cependant pas vous lais-
« ser abattre, ma bonne fille. Si le bon Dieu vous
« enlevait votre mère pour la récompenser de ses
« travaux et de ses mérites, ce ne serait point pour
« vous abandonner. Il est riche en ressources !
« Mettez donc entièrement votre confiance en Lui.

« Joignez-vous à Marie au pied de la croix pour
« faire généreusement votre sacrifice, si le bon Dieu
« le demande. Quant à moi, ma bien chère fille,
« vous pouvez compte plus que jamais sur tout
« mon dévouement. Je ferai toujours pour vous et
« pour toute la Congrégation tout ce que je pourrai
« pour vous aider à faire le bien. Je vais prier pour
« vous, tout en priant pour la bonne Mère.

« Veuillez remercier M. Pâris de l'empressement
« qu'il a mis à me faire connaître l'état de la bonne
« Mère, et le prier de vouloir bien me donner de
« ses nouvelles, jusqu'à ce qu'il se fasse un chan-
« gement en mieux que j'espère. »

Hélas ! L'espoir du bon supérieur ne devait pas
se réaliser. La vénérable Mère demeurait toujours
sans voix et presque sans mouvement ; mais la
connaissance n'avait pas encore complètement disparu. Elle put entendre la voix du prêtre qui lui
administra l'Extrême-Onction, après l'avoir préparée à recevoir l'absolution.

La bonne Mère, prévoyant le genre de sa mort,
avait souvent répété à ses filles : « Lorsque je ne
« pourrai plus parler, je lèverai la main droite ; ce
« sera pour vous bénir. »

En effet, pendant les quelques jours de son agonie, malgré les souffrances auxquelles elle paraissait
en proie, on la voyait soulever de temps en temps
sa chère main défaillante comme pour la poser sur
la tête des sœurs agenouillées près de son lit,

offrant à Dieu leurs vœux, leurs prières, leurs mortifications et leurs larmes, pour obtenir la conservation d'une existence si précieuse. La veille de sa mort, sa nièce la pria de la bénir au nom de toutes les sœurs de la Congrégation absentes en ce moment ; aussitôt elle leva la main droite et la laissa reposée sur la tête de cette religieuse bien-aimée : bénédiction suprême qui adoucit la cruelle séparation dont le moment redouté approchait !

Cependant, on redoublait de supplications pour la guérison de la malade ; la messe se célébrait chaque jour à cette intention dans la chapelle, au milieu d'un grand concours de fidèles du dedans et du dehors. Les bons vieillards priaient sans cesse, le chapelet à la main, pour leur mère si dévouée.

Hélas ! son œuvre était finie sur la terre.

Dieu la voulait au ciel !

L'humble fille avait souvent exprimé le désir de mourir dans la salle des pauvres. Nul ne songeait, dans ce triste moment, à la satisfaction de ce vœu. Le médecin, jugeant sa chambre trop étroite, et recommandant de lui donner plus d'air, on la transporta dans une pièce voisine. C'était précisément celle où elle avait placé, dans le commencement, les premiers infirmes recueillis par elle. Touchante coïncidence qui, sans être préparée, réalisait le dernier souhait de cette sainte, et qui associait dans son esprit flottant au bord de la tombe, les premières révélations de la mort aux souvenirs consolants de la vie !

Ce fut là que le dimanche 14 octobre, fête de la Maternité de la Très Sainte Vierge, à trois heures du matin, l'âme d'Amélie se dépouilla de son enveloppe mortelle, pour aller dire à celui qui l'avait envoyée : Seigneur, me voici ! Vous m'aviez formée pour faire votre volonté sur terre. Seigneur, ai-je accompli votre œuvre ? Et la voix du juge miséricordieux a dû répondre : Venez, âme bien aimée, possédez le royaume que je vous ai préparé ; car ces pauvres que vous avez nourris, ces petits que vous avez soutenus, ces affligés que vous avez consolés, tous ces frères que vous avez aimés,..... c'était Moi !

Les religieuses de Paramé perdaient leur mère ; au milieu de leur désolation, la pensée qu'elles avaient maintenant au ciel une puissante protectrice les aidait à accepter généreusement leur sacrifice. Leur meilleure consolation était d'être persuadées que la bonne Mère devait être élevée à un haut degré de gloire dans le Paradis, en sortant de cette terre d'exil où elle n'avait fait que du bien, et pratiqué tant de vertus avec une si grande perfection !

CHAPITRE VIII

Après la mort.

———

L'humilité, la simplicité étaient vraiment, avec la charité, les vertus caractéristiques de la sainte fondatrice.

Sa mort même, dans cette salle des pauvres où elle ne peut plus que bénir, est en harmonie avec une vie qui s'est consumée à faire le bien, sans bruit et sans éclat extérieur.

Jusqu'au delà du trépas, la bonne Mère a voulu rester conforme à son amour de la petitesse et de l'obscurité ; souvent elle avait manifesté le désir d'être enterrée comme les pauvres, avec le même drap mortuaire, et portée par eux. Craignant les honneurs même pour son corps inanimé, elle avait, vers la fin de sa vie, demandé à sa nièce d'empê-

16

cher absolument qu'on la conduisît au cimetière, la
figure découverte, ce qui ne doit se faire, disait-
elle, que pour les grands personnages ou pour les
saintes religieuses. La Providence permit encore
que ce souhait de l'humble mère fût accompli, malgré les dispositions contraires du supérieur, M. Bessaiche, venu pour présider les obsèques. Les
recommandations de la défunte lui furent ex-
primées par sa nièce : mais il ne crut pas devoir
en tenir compte, et donna ses ordres pour qu'elle
fût transportée dans la chapelle, revêtue de son costume religieux, et le visage découvert. Jusque-là,
en effet, son visage n'avait point changé : et voici
qu'un quart d'heure à peine avant la cérémonie,
il commence à noircir, et se décompose de telle sorte
que la sœur Marie-Thérèse alla supplier M. Bessaiche de permettre qu'on plaçât le couvercle sur la
châsse. Le vicaire général, déjà rendu à la sacristie,
voulut s'assurer par lui-même que la figure n'était
pas reconnaissable, car il aurait désiré qu'une si
sainte fondatrice fût conduite comme en triomphe à
sa dernière demeure ; mais il dut accorder l'autorisation demandée, et les humbles vœux de la chère
défunte furent encore satisfaits. Marie-Amélie avait
désigné la place où elle désirait que son corps
reçût la sépulture. C'était un coin du cimetière paroissial d'où l'on apercevait une croix de granit,
érigée par la famille Lemarié sur la limite de sa
propriété. Le conseil municipal de Paramé donne

à l'unanimité la concession gratuite de ce terrain,
dernier et triste hommage de la reconnaissance publique ! M. l'abbé Bessaiche, successeur de Mgr Maupoint dans la direction ecclésiastique de la Congrégation, présida la cérémonie des funérailles. Un
clergé nombreux, une foule de fidèles des paroisses
de Paramé et de Saint-Malo remplissaient la chapelle : beaucoup de personnes durent rester en dehors ou se tenir dans les appartements voisins.
Quatre supérieures de communautés appartenant
à d'autres Congrégations que celle de Notre-Dame
des Chênes, portaient les cordons du poêle. Les
religieuses, les enfants, les parents, les vieillards,
une multitude de pieux assistants suivaient en
larmes le cercueil. Les regrets étaient dans tous les
cœurs, l'espérance glorieuse dans toutes les âmes.
Aucune oraison funèbre ne fut prononcée. L'esprit
de la chère défunte planait sur l'assistance. Quelle
parole humaine eût pu atteindre la hauteur de son
humilité et de son triomphe ?

Bientôt affluèrent de toutes parts les témoignages
de vénération et de regrets pour la sainte fondatrice. Citons entre autres celui du premier supérieur
de la Congrégation, le bon évêque de Saint-Denis,
Mgr Maupoint. Il écrivit à la sœur Marie-Thérèse
une touchante lettre de condoléances : « Je viens
« vous exprimer, disait-il, toute la peine que
« j'ai ressentie en apprenant la mort de votre
« chère tante qui vous servait tout à la fois de mère

« selon la nature et de mère selon la grâce. C'est
« une grande perte que fait votre communauté ;
« c'était une tête fortement trempée, et un noble
« cœur ! Mais c'est une perte plus grande encore
« pour vous, ma chère sœur ! Elle vous était si
« tendrement attachée ! Mais vous savez que Dieu
« nous prête nos parents plutôt qu'il nous les
« donne. Il veut que nous mettions en lui tout
« notre appui, et que nous nous reposions unique-
« ment sur son bras si aimant. Vous lui direz donc
« plus que jamais aujourd'hui : Notre Père qui
« êtes aux cieux ! Croyez bien que je n'oublierai pas,
« chère sœur, votre bonne tante dans mes prières.
« J'ai commencé pour elle un trentain de messes
« et son nom me reviendra souvent au saint autel.
« J'espère qu'en considération de son dévouement
« aux pauvres et à sa communauté, le Seigneur
« lui aura déjà fait miséricorde. C'est une grande
« chose aux yeux de Notre-Seigneur et de la sainte
« Eglise de fonder une nouvelle Congrégation.
« Votre tante a été un instrument docile entre les
« mains de ses supérieurs. La nature a regimbé
« un peu ; car enfin, à son âge, renoncer à sa volonté
« et à sa tranquillité, c'était un sacrifice énorme !
« J'étais affligé, mais non découragé des oppositions
« qu'elle faisait au commencement : Mais elle est
« restée victorieuse. Nous ne pouvons pas en dire
« tous autant. Maintenant tout le bien que fera sa
« communauté, c'est elle qui le fera par ses mains,

« et c'est en cela que son mérite sera grand devant
« Dieu... »

Le digne prélat demande ensuite à Sœur Marie-
Thérèse de recueillir tout ce qu'elle pourrait sur la
vie de sa tante et de lui envoyer ses notes, se pro-
posant de rédiger lui-même une notice sur la
sainte fondatrice. Enfin, il lui apprend qu'il nomme
chanoine honoraire de sa cathédrale l'aumônier si
dévoué des Chênes, M. l'abbé Paris, pour le remercier personnellement de tout ce qu'il a fait pour
la Communauté.

Le journal de Saint-Malo, le *Commerce Breton*,
en annonçant la mort de la Mère Marie-Amélie,
donnait un résumé de ses œuvres charitables et
finissait ainsi l'article consacré à sa louange : « Telles
« furent les œuvres publiques de cette femme si
« bonne. Mais qui dira le bien qu'elle a fait dans le
« secret, les consolations qu'elle a répandues, les
« cœurs souffrants qu'elle a relevés, les faiblesses
« qu'elle a soutenues et préservées des chutes sans
« remède? On sentait autour d'elle on ne sait quelle
« atmosphère de sérénité, d'apaisement, de santé
« morale qui faisait comprendre le sens de l'ex-
« pression des mystiques : l'odeur de sainteté.

« Ses obsèques ont eu lieu au milieu de ses en-
« fants : les pauvres et les religieuses ; et d'une nom-
« breuse population accourue pour rendre hom-
« mage à ses vertus, et à l'affection qu'elle inspi-
« rait à tous. Nul n'a prononcé son éloge funèbre ;

« il était tout entier dans les cœurs qui priaient
« et qui pleuraient, remplis d'espérance, autour
« de son cercueil ! »

A ces lignes émues, on reconnaît la main et le
cœur de celui qui avait voué à la Mère, dès qu'il
la connut, un si respectueux attachement, et à son
œuvre, une fidélité qui ne se démentit jamais, Monsieur Victor Pomphily.

Le supérieur de la Communauté, M. Bessaiche,
insistant pour que l'on écrive la vie de la fondatrice, ce fut encore ce vaillant et généreux chrétien, ami toujours dévoué des Chênes, qui composa
et fit paraître en 1869 la notice si intéressante où
nous avons si largement puisé : nous ne pouvions
mieux dire que l'écrivain délicat et distingué qui
eut l'avantage d'être en relations si fréquentes avec
la bonne Mère Marie-Amélie.

Sur sa modeste tombe, entourée d'une bordure
de fleurs, on éleva une croix de marbre blanc ; et,
comme il n'était pas difficile de le prévoir, on vit
bientôt une affluence de pieux fidèles qui venaient
prier la vénérable mère comme une sainte, et lui
recommander leurs intérêts de toutes sortes. La
supérieure provisoire de la Congrégation, sœur
Marie-Thérèse, crut devoir en informer M. Bessaiche qui répondait le 17 janvier 1867 :

« Ma bien chère fille, tout ce que vous me dites
« de la confiance que vous avez, vous, votre com-
« munauté et toute la paroisse de Paramé, en

« votre bonne Mère, et des faveurs déjà obtenues
« par son intercession, me fait bien plaisir et ne
« m'étonne point. La bonne Mère s'est dévouée
« pendant toute sa vie au service de Dieu ; et Dieu,
« la glorifie maintenant. Elle a pratiqué avec la
« piété, l'humilité, la charité ; ce sont là les vertus
« fondamentales de la sainteté. J'espère qu'elle
« continuera du haut du ciel à vous protéger d'une
« manière toute particulière ainsi que toute la fa-
« mille religieuse qu'elle a fondée.

« Il n'y a point d'inconvénient à ce qu'on vienne
« prier sur sa tombe ; mais vous avez raison d'em-
« pêcher qu'on y allume des bougies. Qu'on les
« fasse brûler à la chapelle, c'est plus convenable.

La charitable mère faisait, en effet, sentir son
influence céleste. La sœur Marie-Thérèse en recevait lumières et grâces pour les affaires de la congrégation ; plusieurs religieuses affirment avoir
éprouvé les effets de sa puissante protection, après
l'avoir invoquée. De nombreux fidèles, venus prier
à son tombeau, obtiennent de merveilleuses faveurs
dans leurs besoins spirituels et temporels.

S'il ne nous est pas permis de décider la vérité
des faits, du moins il ne nous est pas défendu
d'y croire. Celle qui fut ici-bas compatissante et
secourable pour tous, n'a pu cesser de l'être là-haut.
Au séjour de l'immortalité, la foi et l'espérance
sont absorbées dans la vision et dans la possession
du Beau et du Bien suprême ; la charité subsiste,

en se dilatant à l'infini en Dieu et vers les créatures
de Dieu. La communion des saints, n'est-ce pas
l'amour de l'humanité, commencé sur la terre,
transfiguré au ciel ?

Les bonnes religieuses de Notre-Dame des Chênes
désiraient vivement posséder dans leur chapelle les
restes précieux de leur mère chérie. L'autorisation
était difficile à obtenir. Enfin, le 6 août 1874, au
22° anniversaire de la bénédiction de la chapelle,
eut lieu la cérémonie si désirée de l'inhumation de ces
restes vénérés dans la chapelle de Notre-Dame
des Chênes.

Lorsque, la veille, on les exhuma du cimetière
paroissial, ce ne fut pas sans une profonde émotion
qu'on vit la main droite parfaitement conservée,
tandis que tout le reste du corps était entièrement
décharné. N'était-ce pas un prodige accompli en
faveur de cette main qui s'était employée à tant
d'œuvres de charité, et qui bénissait encore, alors
que la mourante ne pouvait plus faire d'autre
mouvement ?

Après un service funèbre, les pieuses reliques,
renfermées dans un petit coffre, furent déposées
dans un caveau creusé à l'entrée du sanctuaire,
du côté de l'épître, en face du tombeau de M. Lemarié. Les restes de la bonne Mère devaient reposer, en effet, auprès de ceux du généreux bienfaiteur qu'elle-même avait fait transférer en cet
endroit. Tous deux, en suivant des chemins sépa-

rés dans la vie, s'étaient rencontrés dans la pensée commune du bien. Leurs poussières confondues se relèveront ensemble à l'appel du Dieu qu'ils ont servi pareillement. *In morte quoque non sunt divisi.* — Jusque dans la mort, ils n'ont point été séparés !

Et la présence de la Mère au milieu de ses enfants est une consolation bien douce pour celles-ci : elle devint en même temps une source nouvelle de grâces et de bénédictions.

Une grande et riche chapelle a été construite plus tard à Notre-Dame des Chênes ; mais, l'ancienne, où repose toujours la dépouille mortelle de la fondatrice, est demeurée le sanctuaire intime où les sœurs se plaisent à venir prier sur sa chère tombe, près de laquelle elles entretiennent sans cesse un bouquet de fleurs naturelles, emblème de leur fidèle souvenir. Chaque jour, une religieuse fait le chemin de la croix dans cette modeste chapelle, en mémoire de la supérieure défunte qui aimait tant ce pieux exercice. — La protection de la vertueuse Mère Amélie s'est étendue en dehors de sa famille spirituelle. Il y a quelques années, un honorable fermier de Combourg arrivait à Notre-Dame des Chênes, et demandait à prier au tombeau de la vénérable Mère. J'ai fait le vœu, dit-il, de venir ici la remercier pour la guérison qu'elle m'a obtenue. Victime d'un accident de voiture, il était abandonné par les médecins lorsque, lisant une courte notice sur

Marie-Amélie, que sa petite fille avait apportée par hasard de l'école de Lanrigan, près Combourg, où elle était chez les sœurs de Paramé, il eut la pensée de recourir à la sainte religieuse, et fit une neuvaine en son honneur. A la fin de cette neuvaine, il était visiblement en voie de guérison.

L'âme charitable de la bonne mère est toujours accessible à la prière des pauvres et des affligés !

Sur la croix funéraire de la Mère Marie-Amélie est gravé ce trait de la femme forte dépeinte dans les saints Livres : *Elle a ouvert sa main à l'indigent, elle a tendu ses bras aux pauvres.*

N'est-ce pas là, en même temps que l'histoire de la vie d'Amélie, la promesse et comme la prophétie de ce que sa protection continuera de faire pour nous qui la vénérons et dont aujourd'hui elle découvre l'extrême indigence et les douleurs cachées ? Sa main nous montrera le chemin qu'elle a suivi ; son bras nous appuiera vers le but qu'elle a atteint. Puis encore sa main s'ouvrira, et les bénédictions que Dieu y a placées descendront sur les œuvres qu'elle a commencées, sur l'asile qu'elle a bâti pour la vieillesse, sur l'institut qu'elle a fondé pour l'enfance et qui, desservi à cette heure par plus de quatre cents religieuses, a déjà des établissements dans plus de quatre-vingts paroisses. Elle a semé ce petit grain de sénevé en train de devenir un arbre.

Pour que Dieu continue de lui donner l'accroissement, la sainte mère obtiendra les chaudes ha-

leines, les tièdes ondées de la grâce, les rayons du.
midi et les rosées des nuits.

Et, par sa prière victorieuse, si le vent de l'épreuve
vient à souffler, les cimes, secouées et élargies vers
le ciel, affermiront en les plongeant dans le sol,
les racines de la jeune plante !

Ces belles et pieuses espérances par lesquelles
se termine la notice sur la fondatrice des sœurs des.
S. S. Cœurs de Jésus et de Marie de Paramé, sont
aussi les espérances que nous aimons à garder en
achevant l'histoire de la mère Marie-Amélie et
de ses œuvres charitables. Plus que jamais, nos
espoirs ont besoin d'être fortifiés, et nous sentons
la nécessité des secours d'en haut, au sein de la
tempête déchaînée sur les congrégations religieuses
de notre-France, au moment où nous écrivons
ces lignes (mars 1901).

Mais, courage et confiance ! Tant de saintes âmes
comme celle de Marie-Amélie Fristel veillent sur
leurs protégées de la terre ! Et le Seigneur, nous
en avons l'invincible confiance, ne laissera pas
périr les institutions qu'elles ont fondées ici-bas au
prix de tant de labeurs et qu'elles bénissent encore
du haut du ciel !

CHAPITRE IX

La Congrégation des SS. Cœurs de Jésus et de Marie.

(1866-1901),

Sœur Marie-Thérèse, nièce de la mère Marie-Amélie, lui succède comme supérieure générale. — Nombreuses fondations de petites écoles dans le diocèse de Rennes. — Etablissement de Guernesey. — Grandes constructions à Paramé. — Deuils successifs. Morts de Sœur Marie-Augustine ; de M. Pomphily ; du cardinal Saint-Marc et de M. Bessaiche. — M. Guillois, supérieur. — Fondations dans différents diocèses de France. — Le pensionnat de Paramé. — Consécration d'une chapelle. — Mort de la mère Marie-Thérèse. — Cimetière de la communauté. — Mère Marie-Joséphine, supérieure générale. — Etablissement au collège de Redon. — Mère Marie-Athanase, supérieure générale. — Etablissements dans les maisons d'Eudistes au Canada. — Fondation aux Etats-Unis. — Mgr. Guillois, évêque de Puy. — Son Eminence le Cardinal Labouré. — Statistique éloquente.

Il semble que la vie de la Mère Marie-Amélie ne serait pas complète si l'on n'y ajoutait quelques mots sur l'œuvre dans laquelle elle a comme survécu. Pour la continuer, l'autorité ecclésiastique avait aussitôt jeté les yeux sur sa nièce, sœur Marie-Thérèse qui, depuis le commencement de la Congrégation, exerçait la charge si importante de maîtresse des novices, et qui, chaque année, au nom de la supérieure, faisait la visite de toutes les maisons de l'Institut. Habituée à ne traiter aucune affaire sans les avis et la direction de sa vénérable tante avec laquelle, on peut le dire, elle ne faisait qu'un, ayant toujours eu pour elle un véritable culte et une affection toute filiale, plus qu'aucune autre, elle sentait le vide de son absence. Elle aurait voulu demeurer désormais en dehors de l'administration, et elle fit tout son possible pour que l'assistante, sœur Marie Augustine, dans le monde, Julie Gauchet, l'une des premières compagnes de la mère Amélie à l'asile de Paramé, prît en main, avec le titre de supérieure, la direction de la Communauté. M. Bessaiche en jugea autrement, et la lui confia d'abord d'une manière provisoire, puis le provisoire devint définitif aux élections générales du mois d'août 1867. Sœur Marie-Augustine restait première assistante ; et sœur Marie-Madeleine, dans le monde M\ue Jarnouën de Villartay, fut élue seconde assistante.

Le conseil de la Congrégation fut complété par la nouvelle maîtresse des novices, sœur Marie-Alexandre.

C'est le même esprit d'humilité et de simplicité qui règne dans la petite société et préside à son développement continu. Elle compte déjà en 1860 40 établissements... A Angoulême, dans les Ardennes et la Meurthe, on demande des religieuses. Mais Mgr Saint-Marc ne veut pas que ses filles de Paramé sortent encore de son diocèse.

L'année terrible de 1870 survient : on fait appel à leur dévouement pour les ambulances de Versailles et six sœurs y sont envoyées, pendant qu'une ambulance est établie aussi à l'asile de Notre-Dame des Chênes.

En 1874, le curé catholique de l'île anglo-normande de Guernesey finit par obtenir quelques religieuses pour son école paroissiale ; actuellement la Congrégation a trois établissements dans cette île.

Le nombre des vocations augmente avec celui des fondations. Le moment paraît venu pour édifier une maison nouvelle, afin que le noviciat soit bien séparé de l'habitation des vieillards de l'asile. M. Bessaiche bénit, en 1875, la première pierre de ce grand bâtiment qui fut le point de départ de tout ce bel ensemble de vastes constructions qu'avait pressenties la Mère fondatrice aux derniers jours de sa vie. Ce fut la maison conventuelle.

L'année précédente, un deuil sensible affligea la Communauté de Notre-Dame des Chênes. La Mère assistante, Sœur-Marie-Augustine, qui avait tant contribué à l'établissement de l'asile, puis à celui de la Congrégation, et n'avait cessé de consacrer à ces œuvres les riches ressources de son esprit éclairé et de son cœur si dévoué, était emportée le 3 novembre 1875, par une congestion cérébrale.

Le prestige d'une éducation distinguée et d'une piété remarquable lui avait assuré jusqu'à la fin une grande influence autour d'elle. A la mort de la mère Amélie, les tertiaires du Sacré-Cœur l'avaient choisie pour leur supérieure, et elle aimait à les réunir le dimanche entre les offices de la paroisse pour les entretenir des choses de Dieu, et des devoirs de leur sainte vocation.

Pendant les mois qui suivirent le décès de la fondatrice, la nièce de celle-ci, supérieure générale provisoire, sœur Marie-Thérèse, lui laissait presque complètement le gouvernement de la Congrégation des S.S. Cœurs de Jésus et Marie ; c'était donc comme une des colonnes de l'institut qui disparaissait.

En 1876, la Congrégation perdit aussi un de ses meilleurs amis, un bienfaiteur signalé, M. Victor Bassinot-Pomphily, président du tribunal civil de Saint-Malo. Que de services il rendit à la mère fondatrice, et à la communauté ! Que de difficultés il aida puissamment à surmonter, pour la mise en possession des biens de M. Lemarié, pour la reconnaissance légale de la société, la transmission de différents legs, et pour la translation des restes de M. Lemarié et de la Mère Amélie etc. etc. ! Quelles pages attendries et éloquentes il a consacrées à la mémoire de la vénérable supérieure qu'il aimait tant ! C'était un grand esprit, un grand cœur et un grand chrétien ! Membre du con-

seil municipal, de la commission des hospices, il
eut à son convoi funèbre une telle assistance que la
cité entière semblait s'y être donné rendez-vous.
Dans son testament, il laissait une somme de 6000 f.
à l'asile des vieillards, suivant ainsi les exemples
de son oncle et de sa tante qui avaient aussi légué à
cette bonne œuvre des sommes importantes. Toute
la famille Pomphily fut donc une famille de bienfaiteurs pour la communauté de Notre-Dame des
Chênes !

Peu à peu étaient rappelés à Dieu pour recevoir
leur récompense tous ceux qui avaient le plus aidé
la mère Marie-Amélie dans les débuts de son œuvre.

Après le cardinal Godefroy Saint-Marc qui se
plaisait à appeler ses filles les bonnes religieuses
de Paramé, ce fut le vénérable M. Bessaiche qui
était resté vicaire général et supérieur de la communauté sous l'administration nouvelle de Mˢʳ Place.
Sa direction sage et éclairée et son influence dans
le diocèse furent assurément pour beaucoup dans
l'affermissement de l'Institut et dans la multiplication des Petites-Ecoles. Du reste, la Providence veillait toujours, au milieu de ces deuils, sur la chère
famille qui s'était toujours confiée à elle avec tant
d'abandon. Elle lui ménagea des supérieurs zélés qui
eurent à cœur son accroissement. Après M. Bessaiche, ce fut M. l'abbé Guillois, supérieur du
grand séminaire. Celui-ci, devenu vicaire général
du cardinal Place, donna comme un élan nou-

Son Éminence le Cardinal G. M. J. LABOURÉ
Archevêque de Rennes, Dol et Saint-Malo.

veau à l'Institut désormais bien assis dans le diocèse. Déjà, sous son prédécesseur, une fondation
avait été acceptée au lycée de Coutance...

Il autorise à son tour plusieurs fondations dans
l'Orléanais, le Bourbonnais, au lycée de Cherbourg,
et bientôt les Petites Sœurs de Paramé iront jusqu'en Amérique. Pour une congrégation enseignante, un pensionnat à la Maison Mère, pensait
M. Guillois, devait être fort utile, à plusieurs points
de vue.

Le projet, mûri pendant plusieurs années, fut
enfin mis à exécution. Une sage et prudente len-
teur présida aux débuts très modestes de ce pensionnat qui grandit peu à peu, et maintenant, devenu florissant, porte les fruits heureux que l'on
espérait. Les jeunes filles de la contrée y reçoivent
une instruction soignée, avec de bonnes habitudes
de piété et de simplicité chrétienne. Des maîtresses
exercées y trouvent un champ favorable pour utiliser leurs talents et leur dévoûment ; les jeunes religieuses s'y forment à la pratique de l'enseignement et se mettent en mesure de satisfaire à toutes
les exigences de notre époque atteinte par la fièvre
des examens. La maison-mère devient ainsi comme
l'école normale supérieure des futures institutrices
qui là sont dans les meilleures conditions pour se
préparer à leur mission sainte, sans avoir à redouter les graves atteintes à l'esprit religieux, à
l'esprit d'humilité et d'union que pourraient faire

17

craindre d'autres modes de formation. — Du reste,
l'âme de la bonne mère fondatrice, âme toute faite
de simplicité et de charité, semble toujours planer
sur l'établissement de Notre-Dame des Chênes où
se trouvent réunies comme dans un même tableau
raccourci toutes les œuvres diverses de la Congrégation ; enfants, jeunes filles, infirmes et vieillards
des deux sexes, postulantes, novices et professes,
tel est le touchant rapprochement que présente
surtout la chapelle pendant les saints offices ; et,
du haut du ciel, la bonne mère doit sourire à ce
beau spectacle, prêter l'oreille à cette éloquente
union de prières et d'actions de grâces !

Elle n'a pas cessé de faire tomber sur son œuvre
les bénédictions divines. La modeste chapelle
qu'elle avait édifiée ne suffisait plus : elle a été conservée pour garder ses restes précieux avec ceux
du donateur de l'asile ; mais en tête et au centre
des constructions importantes que la fondatrice
avait devinées avant de mourir, s'est élevée une
véritable église dont la nécessité s'est fait bientôt
sentir.

M. Guillois en bénit solennellement la première
pierre le 24 août 1887, date mémorable qui demeure gravée sur la base de beau granit ; et le
3 août de l'année suivante 1888, ce n'est pas seulement une bénédiction ordinaire, mais une consécration solennelle que le cardinal Place a voulu
accorder au nouveau temple. Nous croyons devoir

enprunter à la semaine religieuse du diocèse, le
récit de cette cérémonie signé par M. le chanoine
Richard, vicaire général de Son Eminence le cardinal Place :

« Le jeudi, 23 août, Monseigneur le cardinal a
consacré solennellement la chapelle de Notre-
Dame des Chênes, à Paramé. Nos lecteurs savent
que la cérémonie de la consécration d'une église
est une des plus imposantes de la liturgie catholique.

« Elle s'est assez fréquemment renouvelée, en
ces dernières années, au grand honneur du diocèse, pour que plusieurs aient été à même d'en
voir de près la majesté et aussi avec quelle dignité
et quel communicatif esprit de religion l'Eminen-
tissime Consécrateur en accomplit les rites. Nous
ne décrirons donc pas la solennité du 23, mais
nous tenons à la signaler et à en féliciter, pour le
présent, comme d'un très grand et très méritoire
acte de foi, et, pour l'avenir, comme un gage de
bénédictions divines et de prospérité, la Congrégation des Saints Cœurs de Jésus et de Marie.

« Notre-Dame des Chênes est la Maison Mère
et généralice de cette excellente Congrégation dont
les Sœurs, sous le beau nom de Sœurs des Petites
Ecoles, sont justement populaires dans nos campagnes. L'importance des services qu'elles y
rendent s'accroît de toute celle qu'a prise aujour-
d'hui la question scolaire ; elle ne fera que grandir
avec le développement graduel de la congrégation

et le perfectionnement continu, sous la plus sage
et la plus dévouée des directions, des moyens
d'action de ces pieuses filles, dont la simplicité
et la modestie cachent, devant les hommes,
mais rehaussent, devant Dieu, l'abnégation et le
dévouement.

Son Eminence avait saisi avec empressement
cette occasion de témoigner la paternelle reconnaissance qu'Elle porte aux Religieuses de Notre-
Dame dés Chênes et à leurs œuvres, et la présence
d'une soixantaine de prêtres attestait hautement
les sentiments, à leur égard, du clergé de nos paroisses et des populations au milieu desquelles elles
secondent efficacement, par l'éducation chrétienne,
le ministère sacerdotal.

« Toute la maison était en fête : les murs, les
cœurs et les visages. De tous côtés des oriflammes
et des banderolles flottaient au souffle de la vive
brise d'un matin d'été au bord de la mer.

« A son arrivée, le Cardinal fut reçu dans la
cour d'entrée par toute la Communauté, entourée
de l'assistance, venue sympathiquement s'unir à la
joie et aux prières des dignes Religieuses. Les
saintes reliques reposaient dans l'ancienne chapelle,
dont les étroites proportions ne suffisaient plus à
l'accroissement que le Seigneur donne à la Congrégation. L'humble sanctuaire, paré en vue de cette
insigne circonstance, étincelait de lumières ; des
arcs de triomphe et les plus ingénieux motifs d'or-

nementation se succédaient le long des allées du jardin par où devait passer le Cardinal et le cortège processionnel.

« Il n'y a qu'une voix sur la beauté de la nouvelle chapelle ; l'habile architecte, M. Frangeul, qui compte ses succès par ses œuvres, a une fois de plus conquis tous les suffrages. Des artistes, d'un talent digne du sien, l'ont excellemment secondé. Tout le monde a remarqué les chapiteaux d'un travail achevé ; ils sont dus au ciseau de M. Goupil, le sculpteur rennais dont un bas-relief, d'une inspiration aussi heureuse que son exécution, a figuré avec honneur à l'exposition.

M. Georges Lavergne, fils aîné du distingué peintre verrier qui a enrichi de compositions admirées plusieurs de nos principales églises, porte dignement le nom et continue noblement les traditions de son regretté père. Ses verrières sont parfaites : elles forment tout autour de la chapelle une guirlande de médaillons encadrés d'ornementation. Tous sont excellents, quelques-uns sont exquis.

« La Consécration terminée, M. l'abbé Sauvage, aumônier de Notre-Dame des Chênes, dans une allocution pleine de délicatesse et d'intérêt, raconta comment cette chapelle a été bâtie, dans quelle pensée de foi, par quel effort de dévouement, au prix de quels sacrifices, de la part de toutes les Religieuses. Il a pu dire en toute vérité que chaque pierre de la chapelle représente un acte de vertu.

« Dans sa réponse, le Cardinal a eu des paroles qui sont pour la Congrégation une première récompense. Il a ensuite sanctionné par un éloge public le jugement unanime sur la valeur artistique de la chapelle, puis, après avoir dit éloquemment ce qu'est la chapelle dans une communauté, il a résumé avec force les enseignements que l'Eglise nous donne dans la cérémonie qu'il venait d'accomplir : dans quels sentiments nous devons prier dans nos temples, de quelle vénération nous devons les entourer. Mais il y a d'autres temples envers lesquels nous ne sommes pas tenus à un moindre respect. C'est nous-mêmes, suivant le mot de saint Paul, qui sommes ces temples.

« Au dîner qui a eu lieu dans la salle des exercices de communauté gracieusement ornée, M. Guillois, supérieur ecclésiastique de la congrégation, se fit l'interprète des religieuses et des convives, et porta, dans un langage élevé, la santé de Son Eminence qui répondit avec le bonheur de sa parole en ces occasions.

On sait qu'il y a, à Notre-Dame des Chênes, un hospice où une quarantaine de vieillards des deux sexes sont, de la part des sœurs, l'objet des soins les plus charitables.

« Après le dîner, Monseigneur le cardinal, accompagné de Monsieur le Maire de Paramé, se rendit successivement dans la salle des hommes et dans celle des femmes. Il adressa à ces bons vieillards, tout attendris, les plus paternelles paroles et leur distribua des médailles qu'ils garderont précieusement, comme ils conserveront le souvenir de cette journée dont la date, mémorable dans l'histoire de la communauté de Notre-Dame-des-Chênes, est ineffaçablement gravée dans la mémoire et dans le cœur des religieuses présentes.

« Elles étaient là au nombre d'environ trois cents, réunies pour leur retraite annuelle ; la clôture en avait lieu ce même jour, couronnement inoubliable des saints exercices. Toutes ont été à l'effort et au sacrifice pour l'érection de cette chapelle si belle, elles avaient mérité d'être à la joie de la magnifique fête de sa consécration.

Il semble que le Seigneur ait voulu réserver cette suprême consolation, avant de la rappeler à lui, à la nièce de la mère fondatrice. Sœur Marie-Thérèse n'était plus supérieure générale depuis 1883, date de l'élection de sœur Marie-Joséphine. Toujours assistante, mais accablée d'infirmités, elle se préparait dans le recueillement et la prière à son éternité.

Elle aimait à orner la statue du Sacré-Cœur érigée dans le jardin intérieur des nouveaux bâtiments. — « Elle mourra au pied du Sacré-Cœur, disait-on en la voyant si souvent prier devant son image vénérée. » Cette parole s'est presque réalisée à la lettre. Un jour, elle tombe évanouie près de la statue : transportée sur son lit, elle ne recouvre

plus la connaissance, et mourut 7 jours après, le
13 novembre 1889. — On profita de ce décès de
l'ancienne supérieure générale pour demander l'autorisation nécessaire afin d'avoir dans la Communauté un cimetière spécial aux religieuses. La permission fut accordée par l'autorité civile ; et la chère
mère a été comme le fondement du nouveau cimetière où déjà tant de sœurs sont réunies autour
d'elle au pied de la Croix.

Cependant, la modeste Congrégation continue
à se développer graduellement, fidèle toujours aux
traditions de simplicité et de charité léguées par
la vertueuse fondatrice. Les postes les plus humbles
et qui demandent le plus de dévouement sont ac-
ceptés, dès qu'elles le peuvent, par les supérieures
générales qui se succèdent. Après mère Marie-Joséphine, la maîtresse des novices, sœur Marie-Athanase, fut placée à la tête de l'Institut, en 1889 ;
et c'est elle qui encore actuellement (1901) gou-
verne avec zèle et prudence la famille devenue déjà
grande.

Cette bonne supérieure avait passé six ans au Collège Saint-Sauveur de Redon, où, dès l'année 1878,
la confiance qu'inspiraient les sœurs de Paramé, et
les liens de fraternité qui les unissent à la famille
religieuse du Vénérable P. Eudes avaient déterminé
le R. P. Le Doré, supérieur général des Eudistes, à les demander pour y remplir diverses
fonctions. La mère Marie-Athanase fut désignée

par la Providence comme supérieure des six religieuses attachées d'abord à l'établissement où
maintenant quinze sœurs de Paramé occupent différents emplois. Elle y a laissé d'excellents souvenirs ; et ce n'est pas en vain que les Eudistes ont
fait encore appel à son dévouement, en 1891, lorsqu'il s'est agi d'obtenir quelques sœurs pour rendre
les mêmes services dans leurs maisons du Canada,
au collège Saint-Anne de Church-Point, à Caraquet,
et au grand Séminaire de Halifax. Là-bas comme en
France, les Pères et les sœurs travaillent à l'œuvre
du bon Dieu, et le Seigneur a béni leurs efforts
communs. La Congrégation des Sacrés-Cœurs de
Jésus et Marie, vient même de s'établir dans les
États-Unis, à Cohoës, près d'Albany, où 400 enfants fréquentent leur école ; et déjà elle compte
un certain nombre de Canadiennes parmi ses religieuses ou ses novices.

En 1894, le supérieur de la congrégation,
M. l'abbé Guillois, vicaire général, est enlevé au
diocèse et à la chère communauté. Ses mérites
l'avaient fait choisir pour être promu à l'éminente
dignité de l'épiscopat. Devenu pasteur d'une église
lointaine, l'église du Puy, il est heureux de venir
chaque année voir sa Bretagne aimée, et ne manque
jamais de passer quelques journées à l'hospitalière
maison de N.-D. des Chênes qui garde de lui et de
son supériorat un si reconnaissant souvenir. Son
Eminence le cardinal Labouré, actuellement arche-

vêque de Rennes, a voulu témoigner aux sœurs de Paramé toute son estime et son affection en se réservant la haute supériorité de la congrégation, et cesse de lui donner des preuves de sa bienveillante sollicitude.

A l'époque des retraites, il aime à présider la cérémonie des vœux : en 1897, il a daigné bénir lui-même la gracieuse statue de Notre-Dame des Chênes que l'on admire sur son beau piédestal de granit à l'entrée des nouvelles constructions. Sous son éminent patronage, la congrégation n'a cessé de se développer et d'étendre son action bienfaisante par des fondations nombreuses dans la ville et le diocèse de Rennes, et même dans quelques autres diocèses.

Terminons ce rapide aperçu de l'œuvre féconde de la bonne Mère Marie-Amélie par une statistique dont les chiffres nous font constater le bien déjà accompli par la Congrégation des S. S. Cœurs de Jésus et de Marie !

Depuis le début de l'asile de Notre-Dame des Chênes, 460 vieillards ont reçu l'hospitalité dans cette maison bénie, où ils ont passé chrétiennement les dernières années de leur vie, et qui, grâce aux sollicitudes religieuses de véritables anges de charité, a été pour eux comme le vestibule du Paradis. Et, touchante coïncidence, le nombre des sœurs correspond à celui des vieillards ; il semble qu'à chacun d'entre eux il eût fallu cet ange de la terre pour l'introduire au ciel !

Actuellement les Religieuses de Paramé dirigent près de 90 établissements, et forment à la piété et à la vertu dans leurs écoles des enfants au nombre considérable de 5500 environ. Du céleste séjour où la digne fondatrice jouit, nous ne pouvons en douter, de la récompense promise à la sainteté, elle a continué à protéger la petite famille. Puisse cette famille religieuse, déjà grande, grandir encore pour la gloire de Dieu et le salut des âmes! Puisse le récit de la vie, des vertus et des œuvres de la mère encourager encore ses enfants à marcher de en plus sur ses traces, et les enflammer d'amour et de zèle pour leur belle et charitable mission!

C'est là, nous le savons, le but principal que les bonnes religieuses des SS. Cœurs de Jésus et de Marie se sont proposé en demandant qu'on leur retraçât plus complètement l'histoire de la sainte fondatrice. Nous serions amplement payé de nos labeurs, si ces modestes pages contribuaient à le faire atteindre, et éveillaient dans l'âme des pieuses jeunes filles qui liront ces lignes, le désir de prendre place à leur tour dans les rangs de la belle phalange d'âmes virginales qui continuent si bien l'œuvre charitable de la Mère Marie-Amélie.

FIN

TABLE DES MATIÈRES

PREMIÈRE PARTIE

Mlle AMÉLIE FRISTEL DANS LE MONDE

DEUXIÈME PARTIE

SŒUR MARIE-AMÉLIE EN COMMUNAUTÉ

Vannes. — Imprimerie LAFOLYE, frères.